读者丛书
DUZHE CONGSHU
国家记忆读本

# 大时代下的生活叙事

读者丛书编辑组 / 编

读者出版传媒股份有限公司
甘肃人民出版社

**图书在版编目（CIP）数据**

大时代下的生活叙事 / 读者丛书编辑组编. -- 兰州：
甘肃人民出版社，2019.3（2020.7重印）
　（读者丛书. 国家记忆读本）
　ISBN 978-7-226-05427-7

　Ⅰ. ①大… Ⅱ. ①读… Ⅲ. ①散文集－中国－当代
Ⅳ. ①I267

　中国版本图书馆CIP数据核字（2019）第039136号


总　策　划：马永强　李树军
项目统筹：李树军　党晨飞
策划编辑：党晨飞
责任编辑：马　强　李青立
封面设计：久品轩


**大时代下的生活叙事**

读者丛书编辑组　编

甘肃人民出版社出版发行
（730030　兰州市读者大道 568 号）
永清县晔盛亚胶印有限公司印刷

开本 710毫米×1000毫米　1/16　印张 15.25　插页 2　字数 226千
2019年3月第1版　　2020年7月第3次印刷
印数：12 016~21 075

ISBN 978-7-226-05427-7　　定价：32.80元

# 目 录
**CONTENTS**

# 《阳光灿烂的日子》追忆

王 朔

1991 年我搬到那儿才知道姜文也住在那儿，马路对面。

1992 年《动物凶猛》发表，我送了一本《收获》给姜文看。当时他正在争夺《红粉》，我在他家见到苏童。有两个导演说，不知道《动物凶猛》怎么拍成电影。有一个导演说，姜文拍不了这个东西。

我记不太清在这之前还是在这之后，在刘晓庆家里见到文隽。姜文说这是个不错的香港人。他们正在合作拍《龙腾中国》，文隽是制片人。

在我家或他家经常谈起《动物凶猛》这小说，姜文东问西问的，打听这小说的背景、原型，为什么一定要这么处理某些事件。我拒绝做编剧，我刚刚写完大量小说和电视剧本，写作能力陷于瘫痪。尤其痛恨给有追求的导演做编剧，惨痛经历不堪回首。我无法帮助姜文把小说变为一个电影的思路，那些东西只能产生于他的头脑。

到今天我都认为电影导演应该自己写剧本，你要拍什么、怎么拍，自己先搞清楚，犯不着照死了折磨编剧，在编剧的尸体上来提高自己。

接着他去美国拍《北京人在纽约》，次年回来要拍张艺谋的《我是你爸爸》。

在美国他打回几个电话，流露出要放弃拍《我是你爸爸》的意思。

1993年他从美国回来，开始写剧本，名字改为《阳光灿烂的日子》，非常印象的感觉。我去重庆饭店看他，已经有了剧组人员，制片主任、剧务什么的。房间里贴满了毛主席、红卫兵们的照片。有一面墙贴的都是美丽少女和酷似姜文的半大小子的照片。

文隽从港台两地筹集了一些钱，内地一家公司也出了一笔钱，三等分，凑成不大不小的投资规模。

剧本写了几个月，拿出来的时候比小说还长，大概七万多字。我学习了一下，知道电影剧本怎么写了。哎哟，可叹我混了这么些年，确实有些时候是欺世盗名。

开了个座谈会，谈了些什么意见忘记了。

夏雨已经定了。还集中了一些浑小子。让他们穿上军装，住进部队营房，与世隔绝，每天看西哈努克访问全国，听毛主席语录、诗词歌。苏雷给他们讲了传统。

副导演们每天都去各中学、各部队大院找演员，普遍反映找不到印象中的男孩子和女孩子，包括已经进组的孩子，就觉得不知哪儿有点不对。我印象中那时候我们都很漂亮、纯洁、健康。一个朋友还保存着一些那时候的照片，黑白的，135相机拍的，很小的那种。看了照片才发现印象错误，那个时候，我们都不漂亮，又黑又瘦，眼神暗淡、偏执，如果算不上愚昧的话。我以为我们纯洁，其实何曾纯洁？所以找不着印象中的我们。现在城市中的孩子已没有那种眼神，不复存在那种劲头。那是农村少年的形象。尽管如此，我还是认定印象中的女孩子是真实的。其他人也这么认为。似乎现在的街头还能时而看到那样的清纯少女的身影一闪即过，所谓惊鸿一瞥。可是找来的一群，细细一看，又都不是。似乎那少女只在朦胧间是清晰的，努力去看，化脓化水化为俗物。可见此物难寻、珍稀，也许只是我们心灵的一个投影。

开机那天，放了很多鞭炮，硝烟弥漫。那以后北京便禁放烟花爆竹。女演员仍未定，拜四方的时候三个姐儿都上去一字排开。有这等胸襟，我是自愧不如。

最后定了宁静。

之后他们拍戏，我混日子。冯小刚拍"老师"那场戏时，我去101中学看热闹。一遍又一遍，姜文、顾长卫拍得认真，我在一旁看得无聊。

因为无聊，我开始戒烟，脑子里只有一个念头：抽还是不抽？因为虚荣，我答应在戏中扮演一个角色。去卢沟桥拍第一场戏时我就开始后悔，大冬天北风呼啸拍夏天的戏，冻得我又流鼻涕又蹿稀，斯文扫地。

演"流氓"的是武警指挥学校的军官们。自行车是附近工厂工人们的，工会主席趁工人们在上班，让剧组用大卡车偷偷拉走的。

拍完戏我坐在姜文和制片主任二勇的车上在河滩旷野上疾驶，远远只见一个汉子扬着手跑过来追车，可怜地扒着车窗往里看，跟着车跑。他就是工会主席。拍戏用的几百辆自行车被砸坏不少，有的甚至被大卸八块，他没法向下班的工人们交代。第二场戏是在"莫斯科餐厅"。我有一句台词。开拍前我紧张得烟瘾大发，一个月的戒烟成果毁于一旦。喝了一整瓶干白葡萄酒一点感觉都没有。

我差不多被那群武警军官扔了整整一夜，不断地抛上天空，又掉下来。最后所有人都筋疲力尽了，有一次我掉下来，百十号人居然没有一个人伸手接一下。幸亏在落地前有个善人伸出一只脚，我掉在他脚上才幸免于难。在空中我无数次地问，问自己：你这是何苦呢？有意思吗？难道就不能安于当个观众看电影吗？

第二天清晨从"老莫"出来，我知道我的明星梦破灭了。

又过了很长时间，听说剧组资金出了问题，文隽找不着了。戏还在拍。二勇到处赊账，一些他们拍过戏的景点，再有摄制组去一律不接待。再后来听说姜文拿出自己的钱应付摄制组开支。

年底，在北京饭店的一个饭局上见到姜文，他没精打采的样子。大家都问戏什么时候拍完。一个演员开玩笑说听说片子改名叫《大约在冬季》，姜文差点急了。

又一次见到姜文，他说前两天刚喝醉了一次，现在还难受呢。

1994 年，片子停机了。文隽没来结账。那几天二勇最盼望、最想见的人就是文隽，他把剩下的钱都用来给文隽打电报了。

片子后期做到一半一分钱也没了。

姜文到处找新投资人，我跟着见了一些莫名其妙的大款。

这时，让·路易和王薇来北京筹拍《摇啊摇，摇到外婆桥》。让·路易看了双片，以法国人的作风给姜文写了洋洋七张纸的观后感，盛赞。他以取得该片德国版权为条件，安排姜文去德国做后期。

9 月，片子去了威尼斯。一天夜里，我的呼机响了，上面打出一行字，于是我知道片子得了最佳男演员奖。

1995 年片子在上海首映，鲜花、五星酒店、新闻发布会。我以演员的身份参加了上述活动。

接着是北京、天津。

《阳光灿烂的日子》取得了 1995 年国产影片最好的票房纪录。

这一切最后以"阳光灿烂"影视公司成立而告结束。

（摘自《王朔文集：随笔集》，云南人民出版社 2003 年 6 月版）

## 我们在 17 岁时干些什么

舒 婷

　　17 岁的人，有一个共同点，就是每天在镜子前，龇牙咧嘴地挤压青春痘。

　　儿子现在的班级成立文学社，众同仁在冥思苦想给班刊命名时，盯着社长"硕果累累"的苞谷脸，豁然贯通，遂一致同意叫《青春痘》。社长即儿子，一任而已，其伟大使命莫非就是贡献脸上那张"横看成岭侧成峰"的样板？

　　他老爸 17 岁时，引为己任的是作家的使命感，社长交椅一坐好几年，几至坐穿。文学自是圣殿一般，班刊非"采贝"即"鼓浪"，满纸豪言壮语。脸上火力更足，未有洗痘水、敷痘霜之类济世良方，常常这瘤那瘤叠罗汉，冒冒尖尖，岌岌可危。至今太阳穴两旁还赫然留有遗迹，雨天可以存好几盅水呢。

　　我 17 岁时下了乡，清水净风滋润，缺鱼少肉没有油脂浪费在脸上。偶尔鼻尖眉头爆出一两颗信号弹，便忧心如焚，有男知青来串门，就将刘海儿拉来拨去设法遮丑。就着油灯读名著，唱两首外国民歌，抄古今中外格言，写华丽动情的信。技痒时诌几行诗，随着手抄本四处乱飞，没有刊名，捞不到社长当，时时提心吊胆。

17岁时，儿子既不叠被，又不整理书桌，更不洗衣服和臭袜子，喊泡茶来、饭盛好，鞋要自选，衣要名牌，每月上一次发廊，整天问有什么好吃的，唯一自己动手的只有开冰箱和打电脑游戏。不过，长途旅行时他是家中的全劳力，因为老爸老妈的颈椎、腰椎、肩周关节遭岁月风化，儿子便手提肩扛，嘴里咬着自己的机票和身份证。同学中有拿"月薪""周薪"的，儿子领"日薪"，从未超支，略有节余。压岁钱、奖金（小提琴或作文比赛所得）或生日红包统统自觉上缴，尚无经济头脑，不懂回扣。

他老爸17岁的上半年紧锣密鼓地打拼，准备上中文系。屁股和膝盖处的补丁厚如烙饼，而且颜色迥异。海外频频寄来的进口布料、纯毛衣服，窝赃般压在箱底发霉生蛀。他升任学生会副主席、团委书记、对敌斗争积极分子兼足球队长，该足球队转战全省没有失过一个球，遂去大连参加全国少年足球比赛度过17岁生日。下半年碰上"文化大革命"，忙着写大字报、贴标语、早请示、晚汇报，被抄家、去串联。绘画学了3个月，小提琴练了半年，饭不会做、衣不会洗，直到两年后去插队。

我17岁时体重只有42公斤，要挑50公斤的谷担，摸田、育秧、割稻，学一样哭一场。自留地里栽菜秧子，不长叶子只生虫，幸亏种番薯倒是光长叶子，便采来炒着吃。跟着《新华字典》每天学5个生字，翻英汉读物，背唐诗宋词，做大学梦。腋下夹一本禁书，到各知青点去投桃报李，换来各种意外的惊喜。衣裳、头发每日一洗，抽屉、衣箱纹丝不乱，学会用二两肉、一板豆腐、几棵芥菜做一桌佳肴。和伙伴过中秋节，然后佯醉，为了不必到结霜的小河边刷碗。

17岁的儿子崇拜贝克汉姆、谢霆锋和麦当劳兄弟。小时候口必称郑渊洁，从未仰视过老爸老妈，称班主任"凡姐"，直呼物理老师"阿弟"，说班上男生都叫女朋友"老婆"。我趁机追问儿子："有没有拍拖?"答："我还没有那么畅销。"上网聊天，打又臭又长的电话，时而卷着舌头说两句英语。从幼儿园开始，到音乐小学再到音乐中学，在小提琴专业浸泡10年，一打开私房音响，还是张信哲和王菲。功课百忙之中，不忘见缝插针频频跟电视机"接吻"，因为他近视已达750度，却不肯戴眼镜。

他老爸17岁时开始写小说，至今没发表；再写诗，发表以后除了他老妈将《诗刊》放在菜篮里向左邻右舍显摆外，似无追星女青年；改写寓言、随笔、科幻小说，书出得薄薄的，反响也是小小的。喜欢马雅可夫斯基、雷锋、贝多芬、郭小川，其中没有我。有心栽花无心插柳，而今所出版的书大多是数十万字一本的诗歌理论，这是后话。

17岁时，我梦想的是一斤膨体纱毛线，可以打一件时髦的套衫；满满一柜大部头小说，最后是卷了边、发了黄、略有破损的书才好看；梦想不用向队长赔笑脸，不必上大队部去送礼，也无须走县城"四个面向办公室"找关系，忽然一纸通知书便腾云驾雾进了大学。猛听一声吆喝："翻谷喽!"被震醒过来，原来自己还在晒场边打盹儿。

从未想过成为一名作家或诗人，更不懂得梦想当母亲。

咳! 17岁!

（摘自《读者·校园版》2012年第22期）

# 日常中国：从 50 年代到 90 年代
钱理群　陈思和　陈平原　苏　童　陈　村　赵长天　韩少功

# 50 年代

## 五　爱

　　当时到处在进行"五爱"教育（爱祖国、爱人民、爱劳动、爱科学、爱护公共财物），学校也开展了大规模的活动，每一次有一个中心主题，把课内教学与课外活动有机统一起来。例如，在"爱祖国周"，语文课选读有关文学作品，历史课讲祖国历史，地理课介绍祖国地理，课外活动举行歌颂祖国的诗歌朗诵会、演讲会等等。这些活动都强调学生自我教育，我们这些学生会、少儿队筹委会的"头儿"都直接参加了组织和领导工作。我们学校是南京市最早成立少儿队组织的，在我当选第一任大队长后，还到许多学校去介绍经验。

有了自己的组织，学校的活动就更加频繁，也更有生气了。印象最深的是所谓"小先生"活动：将家住在学校周围的失学儿童组织起来（这种因家庭困难不能读书的儿童在新中国成立初期是不少的），在课余时间给他们上课。我被推为"小先生学校"的首任校长，还煞有介事地正式聘任了班主任、任课教员。开始大家都没有经验，有一位姓徐的四年级女同学，担任"小先生学校"一年级语文教员，她上第一堂课，打开书就哇啦哇啦念课文，也不管学生是否接受，不到下课时间就把一册教科书教完了，不知下面该怎么讲，就丢下学生，跑来向我这位"校长""请示"。我也没有办法，只好再和她一起去请教老师，也就是我们学生的"太老师"。后来"学校"大概就逐渐走上了正轨。有一位卖冰棍的学生，毕业后还专门画了一幅画送给我，上面写着"敬爱的钱老师留念"几个字。这幅画我一直珍藏着，"文化大革命"中散失了，真有些可惜。

（钱群理）

# 60 年代

## 困难时期

说起"三年自然灾害"，大约是因为小，也是因为住在那儿的人家一般都很穷，对于那段苦日子我并没有什么太深的印象。只记得每当母亲发薪的日子家里可以买一些配给的白面，全家动手，又是发酵面，又是做馒头，像过节一样。外祖父用一根筷子和一块废铁自制了一杆小秤，坐在旁边一个一个地称馒头，每个二两重，秤杆稍稍往上翘，他也要伸手去摘下一块面团来，以示公正。我怎么也不明白一家人做馒头吃为何要如此一丝不苟，不过外祖父那种忠于职守的神情，至今也没忘记。

那时我家的家境似乎越来越差。父亲在西安有时寄些钱来，有时就不寄。母亲每月都在愁着家里的开销，当时我的舅舅一个在果园里工作，一个还在念书，对家里贴补有限，母亲成了主要的经济支柱。外祖父即使在最困难的时候也拒绝工作，在春天里，他经常穿一件旧呢长衫，拉着我在外面到处逛，用他的说法是"兜圈子"，漫无目标地在太阳下乱走，使我这个从小在城市里长大的孩子认识了大自然孕育的各种可爱的生命。我学会了摘桑叶养蚕，钻草丛捉蟋蟀和下河里捞鱼虫。那时工人新村的绿化非常好，现在说起来有些不可想象，我住的那幢楼是三层青瓦楼房，前面是一片冬青树，后面是一片桃林。桃树从没结过果子，但桃花却年年春天开得灿灿烂烂，让人看了心里发颤。桃树不高，树枝很坚实。我念小学以后，外祖父给我灌了一脑子的悬梁刺股故事，使我习惯了黎明即起，温习课文。天不太冷的时候，一大早我爬到桃树上，仰面躺着，眼睛透过重重枝叶望着天色慢慢地变亮，嘴里大声地背诵课文。记得有一篇课文叫《寒号鸟》，讲一只鸟白天睡觉不肯垒窝，到晚上被活活冻死的故事，当我背诵到那只鸟在树上哀号"哆罗罗哆罗罗，寒风冷死我，明天就垒窝"时，突然想到自己趴在微微颤抖的树枝上，冷飕飕的晨风从身上拂过，就仿佛自己也变做了一只寒号鸟……

（陈思和）

## 串　联

我优哉游哉地度过了"文化大革命"的最初岁月，直到学校停课，师生结伴以"大串联"为名四出游荡时，我才真正"投身运动"。

我觉悟过来，下决心出去闯荡世界时，中央已下令不得随意拦截汽车、火车等交通工具。也就是说，这回的长征，真得学老红军，依靠自己的两条腿了。可想而知，这样的"串联"，规模不可能大。

到底建立了什么战斗队，我忘了，反正拿到一张可以当路条和食宿证用的介绍信。走出校门不远，十几位本就不熟悉的同学，卷起红旗，作鸟兽散。胆子大的，直奔广州；我因为有两个弟弟同行，只好取其次，先到汕头再说。45公里路程，全靠脚板丈量，还是相当遥远的。跟着一杆红旗，走不动，歇一阵，再跟上另一杆；反正潮汕公路上红旗飘飘，不会迷路的。就这样走走停停，到了下午四点多，还有三分之一的路程，只好出钱雇一辆自行车，把我们送到市里的红卫兵联络站。

白吃白住，除了到市委大院看大字报，就是游览几处本就不大、而今又经"破四旧"洗劫的名胜古迹。休息了五六天，正准备继续进发，接待站工作人员告知广州流行传染病，不免有点犹豫。那天上街，闻到烤白薯的香味，当即决定打道回府。日后读《世说新语》，得识晋人张翰见秋风起而思吴中菰菜羹、鲈鱼脍，遂命驾归乡，感慨"深得我心"。

回家的路，似乎更遥远，好在半路上遇见一运货的三轮车，允许我们轮流推车坐车，像闹着玩一样，居然平安归来了。

（陈平原）

## 70 年代

### 女 装

70 年代的女性穿着蓝、灰、军绿色或者小碎花的上衣，穿着蓝、灰、军绿色或者黑色的裁剪肥大的裤子。夏天也有人穿裙子，只有学龄女孩穿花裙子，成年妇女的裙子则是蓝、灰、黑色的，裙子上小心翼翼地打了褶。最时髦的追求美的姑娘会穿白裙子，质地是白"的确良"的，因为布料的原因，有时隐约可见裙子里侧的内裤颜色。这种白裙引来老年妇女和男性侧目，在我们那条街上，穿白裙的姑娘往往被视为"不学好"的浪女。

女孩子过了 18 岁大多到乡下插队锻炼去了，街上来回走动的大多是已婚的中年妇女，她们拎着篮子去菜场排队买豆腐或青菜。

有些女孩插队下乡后与农村的小伙子结为伴侣，类似的婚事在当时常常登载在报纸上，被作为一种革命风气而提倡。那样的城市女孩子被人视为新时代女性的楷模，他们的照片几乎如出一辙：站在农村的稻田里，短发、戴草帽、赤脚，手握一把稻穗，草帽上隐约可见"广阔天地，大有作为"的一圈红字。

浪漫的恋爱和隐秘的偷情在那个年代也是有的，女孩子有时坐在男友的自行车后座上，羞羞答答穿过街坊邻居的视线。

（苏　童）

## 看电影

看到 24 年前的一则电影广告，我突然记起了《火红的年代》中于洋那张令人痛苦的脸和声嘶力竭的声音。我还记得有趣的钱广的三鞭子和他的马，而《艳阳天》里有什么先进事迹和什么阶级敌人，则忘得一干二净。我至今还会唱"扬鞭那个一甩啪啪地响"。

很久以前，银幕上比较冷清。我看了很多的《新闻简报》，看了很多的尊敬的西哈努克亲王和莫尼克公主。有一天，斗胆混进千头攒动的上海纺织工学院的礼堂，看了一场屏幕复制片《智取威虎山》。银幕上有网纹，据说是从电视上拍下来的，其工艺颇似今日盗版的枪片。比较起来，我还是喜欢阿尔巴尼亚的影片。"兴高采烈的小松树啊，大雪染白了你的睫毛"，读起来有一点现代派的感觉。

那些电影也曾尽领风骚，票房超过今天的任何大片。在当时，没有看过这些影片的城市人，几乎是没有的。它已经不再是影片，而是某某路线的伟大胜利和一堂最生动的阶级教育课。很好的演员、很聪明的编剧或很有才能的导演们制作了这些电影，他们竭力试图将它做得好一点。比如我听到过一则逸事，拍《白毛女》时，拍到"太阳出来了"一场戏，美工无论如何努力，都没法将那个最要紧的太阳做好，如果红了它就不亮，如果亮了就不红。而当时的人们知道，红太阳一定是又红又亮的。据说为此还请来了著名的工人出身的电光源专家。专家说，自然中的光谱就是这样。不知最后是怎么解决的。

（陈　村）

# 80 年代

## 青 春

　　我求学期间，约翰·丹佛风靡大学校园，他有一首歌名叫《乡间小路带我回家》，会说几句英语而又喜欢唱歌的青年不约而同地学会了这首歌，几乎所有的晚会上都有个男孩怀抱吉他站在台上，或者老练或者拘谨地弹唱这首歌。而我作为一个极其忠实的听众张大嘴伸长耳朵站在人群中，一边听着歌一边浑身颤抖，在歌声中我想象着美利坚的一座高山，美利坚的一条河流，美利坚的一个骑马高歌的漂泊者，当那句高亢的"乡间小路带我回家"乍然响起时，我的年轻的身体几乎像得了疟疾似的打起摆子来了。我的每一根神经都被这首歌感动得融化了。

我不知道当年那分感动是否合理，不知道一支与己无关的歌为什么令我浑身颤抖，也许这一切仅仅因为年轻，也许青春期就是一个容易颤抖的年龄。时光机器当然是在不停洗涤我们身上青春的痕迹，你年轻时喜欢的歌在劳碌发福的中年生活中不知不觉成了绝唱，而你并无一丝怀念。有一次我偶尔翻出约翰·丹佛的磁带，所谓的怀旧心情使我把它放进了收录机的卡座，但我听见的只是一种刺耳的失真的人声，我曾迷恋过的那位歌手用卡通人物的配音为我重温旧梦，不禁使我怅然若失。我有一种心疼的感觉，突然发现许多东西已经失效，歌声、记忆，甚至作为青春期的一份证明，它们不仅是失效了，而且还破碎了。

（苏　童）

# 90 年代

## 直 播

被电视台请去参加直播，叫作"谈话节目"。直播之前，要彩排一遍。这我理解，一下子面对几百万观众，事先总要操练操练，也是工作态度认真的表现。

电视台的编导们确实认真得令人敬佩，为了半小时的节目，他们已经做了十几小时的准备，反复讨论，排出谈话的第一层次、第二层次、第三层次，明确谈话要达到的目的，要围绕的中心，嘉宾和现场观众如何配合……

于是我们走进直播室，于是灯光大作，于是摄像机转起来，于是我们都傻了。不是无话可说，我之所以同意来参加谈话，因为对"望子成龙"这个话题还真有点感慨，还真想说几句话，可张嘴却不知说什么好。不是怯场，是我的思路和编导的思路搅在一起，就没有思路了。人家辛辛苦苦想好几个层次，总不能毫不尊重地撇在一边，自说自话。一边说一边想着现在该是第几个层次了，别把人家的层次搞乱了，于是自己就彻底乱了。

我第一次体验到"脑子一片空白"，只好硬着头皮说，说得自己都乏味。

彩排结束，谁都不满意。编导急中生智，想出一个做"选择题"的办法，让我们做游戏。

A 题：现在只有一个孩子，只能成功，不能失败。

B 题：只要求孩子将来平平凡凡、快快活活。

五位嘉宾一致选择 B 题。编导急了，说怎么一边倒，你们怎么都不选 A 题?

我说："好吧，我就选 A，可我得想个理由出来。"

我终于想出个理由，我回答主持人："其实，我觉得选择 A 挺残酷，有点不成功便成仁的味道。可是我想，我儿子现在肯定在电视机前，他听我只要他平平凡凡、快快活活，肯定高兴死了，就不温功课了。"

我笑了，现场观众也笑了。据说大家反应也不错。

但是我知道，我参加的不是一场谈话，而是一次表演，所以，五位嘉宾中，表现最出色的，是一位话剧演员。

（赵长天）

## 没意思

有些人最爱问的是："有意思吗？"他们最常回答的，也是使用频率最高的词句之一是："没意思。"看电视没意思，电视停了更没意思；假日闲逛没意思，辛苦上班更没意思；找个情人没意思，厮守着老婆或丈夫更没意思。他们渐渐失去了独处半日乃至两小时的能力，在闲暇里自由得发慌，只得去大街或酒吧，绷着脸皮，目光黯淡，对三流通俗歌手假惺惺地爱啊恋啊，表示漠然的向往；对歌手假惺惺地愁啊苦啊，表示漠然的共鸣。他们最拿手的活就是抱怨，从邻居到联合国，好像都欠了他们十万大洋。

奇怪的是，有时幸福愈多，幸福感却愈少。幸福与幸福感不是一回事。如果是 70 年代的一位中国青年，可以因为一辆凤凰牌自行车而有两年的幸福感，现在则可能只有两个月甚至两天。大工业使幸福的有效性递减，幸福的有效期大为缩短。电视广告展示出目不暇接的现代享受，加快了消费品更新换代的速率……电子传媒使人们知道得太多，让无限的攀比对象强入民宅，轮番侵扰。人们对幸福的程程追赶，永远也赶不上市场上正牌或冒牌的幸福增量。幸福感就在这场疲倦不堪的追逐赛中日渐稀释。

现代新人族都读过书识过字，当然也希望在精神领地收入快感。现在简单啦，精神也可以买，艺术、情感、宗教等等都可以成为有价商品。凡·高的画在拍卖，和尚道场可以花钱定做，思乡怀旧在旅游公司里推销，日本还出现了高价租用"外婆"或"儿子"以满足亲情之需的新兴行业。金钱就这样从物质领域渗向精神领域，力图把精神变成一种可以用集装箱或易拉罐包装并可由会计员来计算的什么东西，一种也可以"用过了就扔"的什么东西，给消费者充分的心灵满足。

是不是真能够满足？

推销商能提供人们很多很多幸福的物质硬件，但一个人所得亲情的质与量，一个人所得友谊的质与量、一个人创造性劳动所得快感的质与量、一个人感悟大自然的质与量、一个人个性人格求得丰富美好的质与量……这些幸福所不可缺少的精神软件，推销商不能提供，也没法找到有关的计量办法，以便把它们纳入社会发展规划，然后批量生产。正如推销商可以供给你一辆小轿车，但并不能同时供给朋友的笑脸或考试的成功；推销商可以供给你一台电话，但没法保证话筒里都流淌出亲善、智慧、有趣、令人欣喜的语言……

精神是不能由别人给予的。

（韩少功）

（摘自《读者》2000 年第 23 期）

# 消逝的"放学路上"

王开岭

## 1

"小呀嘛小儿郎，背着那书包上学堂。不怕太阳晒，也不怕那风雨狂；只怕先生骂我懒，没有学问，无颜见爹娘。"

30年前的儿歌倏然苏醒，当我经过一所小学的时候。

下午4点半，方才还空荡荡的小街，像迅速膨胀的救生圈，被私家车和眼巴巴等候的家长塞满了。开闸了，小人儿鱼贯而出，大人们蜂拥而上。这个激动人心的场面，只能用"失物招领"来形容。

从前，上学或放学路上的孩子，就是一群没纪律的麻雀。无人护驾，无人押送，叽叽喳喳，兴高采烈，玩累了、玩饿了再回家。

回头想，童年最大的快乐就是在路上，尤其是放学路上。那是三教九流、七行八作、千奇百怪的大戏台，那是面孔、语言、腔调、扮相、故事的孵化器，那是一个孩子独闯世界的第一步，是其精神发育的露天课堂、人生历练的风雨操场……我孩提时代所有的趣人、趣事、趣闻，都是在放学路上邂逅的。那是个最值得想象和期待的空间，每天充满新奇与陌生，充满未知的可能性。我作文里那些真实或瞎编的"一件有意义的事"，皆上演其中。放学路上的每一条巷子和每一个拐角，每一只流浪狗和墙头猫，那烧饼铺、裁缝店、竹器行、小磨坊，那打锡壶的小炉灶、卖冰糖葫芦的吆喝声、爆米花的香味、弹棉弓的响声，还有谁家出墙的杏子、谁家树上新筑的鸟窝……都会在某一时分与我发生联系。

难以想象，若抽掉"放学路上"这个环节，童年还剩下什么呢？

那个黄昏，我突然替如今的孩子惋惜——他们不会再有"放学路上"了。他们被装进一只只豪华的笼子，直接运回了家，像贵重行李。

## 2

为何会丢失"放学路上"？我以为，除城市膨胀让路程变得遥远、为脚力所不及外，更重要的是"路途"变了，此路已非彼路。具体说，即传统街区的消逝——那温暖而有趣的沿途，那细节丰富、滋养脚步的空间，消逝了。

"城市应是孩子嬉戏玩耍的小街，是拐角处开到半夜的点心店，是列成一排的锁匠、鞋匠，是二楼窗口探出头凝视远方的白发老奶奶……街道要短，要很容易出现拐角。"这是简·雅各布斯在《美国大城市的死与生》中的话，我以为是对传统街区最传神的描述。

这样的街区生趣盎然、信息丰富、故事量大，能为童年生活提供最充分的乐趣、最周到的服务和养分，而且它是安全的，令家长和教育者放心。为何现在保险箱里的儿童，其事故风险却高于自由放养的年代？雅各布斯在这部书里，回忆了多年前的一个下午：

　　"从二楼的窗户望去，街上正发生的一幕引起我的注意：一个男人试图让一个八九岁的小女孩跟自己走，他一边极力哄劝，一边装出凶恶的样子；小女孩靠在墙上，很固执，就像孩子抵抗时的那种模样……我心里正盘算着如何干预，但很快发现没必要。从肉店里出来一位妇女，站在离男人不远的地方，叉着胳膊，脸上露出坚定的神色。同时，旁边店里的科尔纳基亚和女婿也走了出来，稳稳地站在另一边……锁匠、水果店主、洗衣店老板都出来了，楼上的很多窗户也打开了。男人并未留意到这些，但他已被包围了，没人会让他把小女孩弄走……结果，大家感到很抱歉，小女孩是那个男人的女儿。"

　　这就是老街的能量和含义，这就是它的神奇和美感。

　　在表面的松散与杂乱之下，它有一种无形的秩序和梳理系统，因为它，生活是温情、安定和慈祥的。它并不过多搜索别人的隐私，但当疑点和危机出现时，所有眼睛都倏然睁开，所有脚步都会及时赶到。其实，这很像中国人的一个生态关键词：街坊。

　　这样的背景下，一个孩子独自上学或放学，需要被忧虑吗？

　　自由，源于安全与信赖。若整个社区都给人以"家"的亲切和熟悉，那么一个孩子无论怎样穿梭和游走，结果都是快乐地、收获颇丰地回到家里。而路上所有的插曲，包括让他挨骂的那些顽皮、冒险和出格，都是世界给他的礼物，都是对成长的奖励和爱抚。

　　在雅各布斯看来，城市人彼此之间最深刻的关系，"莫过于共享一个地理位置"。她反对仅把公共设施和住房作为衡量生活的指标，认为一个理想社区应丰富人与人之间的交流，促进公共关系的繁育，而非把生活一块块切开，以"独立"和"私人"的名义封闭化、决裂化。

　　这个视角，对人类有着重大的精神意义。顺着她的思路往下走，你很快就会发现：我们通常讲的"家园""故乡"——这些饱含体温与感情的地点词汇，其全部基础皆在于某种良好的人际关系、熟悉的街区内容、有安全感的共同生活……所谓"家园"，并非一个单纯的物理空间，而是一个和地点联结的精神概念，代表一群人对生活属地的集体认同和相互依赖。

## 3

有位朋友，儿子 6 岁时搬了次家，10 岁时又搬了次家，原因很简单，又购置了更大的房子。我问："你儿子还记不记得从前的家？带他回去过吗？他主动要求过吗？""没有，"朋友摇头说，"他就像住宾馆一样，哪儿都行……"我明白了，在"家"的转移上，孩子无动于衷，感情上没有缠绵，无须仪式和交接。

"想不想从前的小朋友？"我问。"不想，哪儿都有小朋友，哪儿的小朋友都一样。或许在儿子眼里，小朋友是种'现象'，一种'配套设施'，一种日光下随你移动的影子，不记名的影子……"朋友尴尬地说。

我无语了。这是没有"发小"的一代，没有老街生活的一代，没有街坊和故园的一代。他们会不停地搬，但不是搬家。"搬家"意味着记忆和情感地点的移动，意味着朋友的告别和人群的刷新，而他们，只是随父母财富的变化，从一个物理空间转移到另一个物理空间。

我曾和一位初中语文老师交谈。她说，现在的作文题很少再涉及"故乡"，因为孩子们会茫然，不知所措。是啊，你能把偌大的北京当故乡吗？你能把朝阳、海淀或某个商品房小区当故乡吗？你会发现自己根本不熟悉它，从未在这个地点发生过深刻的感情和行为，也从未和该地点的人有过重要的精神联系。

还是前面那位朋友，我曾向他提议："为何不搞个聚会，让儿子和从前同院的伙伴们重逢一次，合个影什么的？这对孩子的成长有帮助。"朋友怔了怔，苦笑："其实儿子只熟悉幼儿园的孩子，小区的都不熟，偶尔，他会想起某个丢失或弄坏的玩具，但很少和人有关，他的快乐是玩具给的。"

这个时代有一种切割的力量，它把生活切成一个个单间：成人和宠物在一起，孩子和玩具在一起。我曾在一个小区租住了三年，天天穿行其中，却对它一无所知。搬离的那天，我有一点失落，我很想去和谁道一声别，说点什么，却想不出那人是谁。

## 4

那天，忽然收到一条短信："王开岭，你妈妈叫你回家吃饭。"

我愣了，以为是恶作剧。可很快，我对它亲热起来。30年前，类似的呼唤声曾无数次在一个个傍晚响起，飘过一条条小巷，飘进我东躲西藏的耳朵里。传统老街上，一个贪玩的孩子每天都会遭遇这样的"通缉"，除了家长的嗓门，街坊邻居和小伙伴也会帮着喊。

感动之余，我把这条短信的主语换成朋友们的名字，发了出去。当然，我只选了同龄人，有过老街童年的一代。

后来，我才知这短信源于一起著名的网络事件，而那个响彻神州的伟大名字竟是虚拟的，整件事乃某网站精心策划。我一点也不沮丧，甚至感动于阴谋者的细致情怀。

我暗暗为自己的童年庆幸。如果说贾君鹏一代的童年尚可叫作露天童年、旷野童年、老街童年，那如今孩子的童年，则是温室童年、会所童年、玩具童年了。

面对现代街区和路途，父母不再敢把孩子轻易交出去了，他们不允许孩子的童年有任何闪失。

就像把风筝从天空撤下，把绳剪掉，挂在墙上。再不用担心被风吹跑，被树挂住了。翅膀，就此成为传说和纪念。

（摘自《读者》2010年第13期）

# 我的野球史

毕飞宇

南京河西的上新河地区，有一个楼盘，它的前身是"南京特殊师范学校"。1987 年至 2000 年，我在这里踢了 14 年的野球。14 年，我没能成为球星，没有挣到一分工钱，但我也有收获，那就是一身的伤。

回想起来，刚到南京的时候我还留着长头发，那是我作为一个九流诗人必备的特征。九流诗人同时也热爱踢球，当然了，是踢野球。在我沿着左路突破的时候，我能感到我的头发很拉风。一事无成的人格外敏感，头发在飘，风很轻柔，这里头荡漾着九流诗人的快感与玄幻。

什么是野球？有很多进球的比赛。什么是职业足球赛？进一个球比登天还难的比赛。是的，正规的球门宽 7.32 米、高 2.44 米，它的面积差不多有 18 平方米。想一想吧，对于一个身高不足 1.8 米，同时又不会鱼跃扑救的业余门将而言，18 平方米太过浩瀚，足以容下所有的灾难。

野球没有战术，没有纪律，没有"442"或"4132"。虽然上场之前我们也装模作样地制订一套阵形，但是，到了拼抢的时候，一切都变形了。我们其实就是鱼池里的鱼，球呢，是鱼饵，球在哪里我们就挤在哪里。野球很丑，全凭速度和体能。野球是一种"丛林足球"，但"丛林足球"也许更文明，它的文明来自没有裁判。人其实都有道德感，所谓的道德感说白了就是压力。明明没有裁判，你要是犯规了还不主动停下来，那你这个人"就没意思了"。为了让自己还有下一次踢球的机会，首先要做的就是让自己"有意思"。你要真的"没意思"，那也无所谓，但是，不会有人给你传球，哪怕你处在一个极好的位置上。道德从来不是什么玄妙的东西，它是由参与者建立的公正与公平，这是必需的。道德并不先验，它与利益同步，有利益自然就有道德。你遵守道德也不是因为你高尚，是因为你被监督。这个监督者就是你的对手，对面的那 11 个人。谢天谢地，监督者的数量与你的利益主体永远一样多，反过来也一样。

赢球的滋味真的很好，这个滋味是形而上的。你什么都没有得到，没有奖杯，没有奖金，你所拥有的只是"赢了"这么一个概念。输球的滋味则太糟了，这个滋味极度形而下，和奖杯无关，和奖金无关，就是天黑了。暮色苍茫，天就那么黑了，你会像渴望约会一样渴望明天。

我的球友里怎么突然就多出一个聋哑人了呢？对了，他很可能是学校里刚刚录用的打字员。他并不健壮，球技也不怎么样，可是，仅仅踢了一场球，我在"手心手背"的时候就坚决不找他了。道理很简单，如果我和他"手心手背"，那就意味着我们只能是对手——我渴望他能成为我的队友。

他听不见，可我看得见他坚硬而磅礴的自尊。如果你断了他的球，那么好吧，你这个下午就算交代了，他会像你球衣上的号码那样紧紧地贴着你。为此，他不惜舍弃球队的整体利益，就为了和你死磕——喊不住的，喊了他也听不见。如果需要，他可以贴着你，从星期五的傍晚一直跑到星期一的凌晨；如果你还需要，他也可以贴着你，从南京的河西一直跑到乌鲁木齐。这都是可能的。

我要承认，我对残疾人自尊心和责任心的认知大多来自这位失聪的球友。我在不知情的情况下断过他的球，他给我的教训是毁灭性的。我要说，自尊与责任是一种很特别的体能，像回声，你的没了，他的准在。我被他纠缠得几乎要发疯，他能让你的神经抽筋。他是"神一样的队友、狼一样的对手"。当他拽着你球裤的时候，你恨不得把球裤脱下来送给他，然后，光着屁股摆脱他的纠缠。说到底，我踢球也不是为了赢得那个叫"大力神"的金疙瘩，是为了爽。他让我太不爽了，别扭死了。不能说我多爱残疾人，但是，残疾人永远值得我尊重。他的价值是不言而喻的，事实上，每一次"手心手背"的时候，所有人都渴望得到他。只要有他，对方突前的那个前锋基本上就"死"了。

1992年，我来到《南京日报》。那时候南京市有一项业余赛事，就是"市长杯"足球赛。我一共参加过四届，至今我还记得第一次上场的场景。三个穿着黑色裁判服的国家级裁判把我们领向了中圈，旁边架着一台江苏省电视台的摄像机。1992年，我28岁，正是踢球的黄金年龄。可是，第一场比赛我只踢了五分钟，是我自己要求下场的——我跑不起来了。因为是第一次参加这个级别的赛事，我紧张得必须用嘴巴做深呼吸。从此我知道了，能影响到体能的，还有心理。是的，如果因为紧张，开赛之前你的心率就已经达到了每分钟140次，那你心脏还能有多大的负荷空间呢？自信有自信的机制，它不会从天而降，它和你的认知有关，和你切肤的生命实践有关，一句话，和你所承受的历练有关。所以我说，承认恐惧是成为男人的第一步，你必须从这里开始。没有恐惧作为基础的自信只适用于床笫与客厅，它只是虚荣，虽然虚荣很像诗朗诵，可它永远上升不到可以信赖的地步。

姚明在NBA打了一个月篮球之后，告诉记者："我找到呼吸了。"我喜欢这句话。它配得上姚明2.29米的身高——这里有巨人所必备的坦荡与诚实。

（摘自《读者》2018年第4期）

# 香港电影的似水流年

赵款款

不管你生于 20 世纪 60、70 年代，还是属于"80 后"，不管你把电影当作消遣，还是一生挚爱，不管你认为香港电影已死，还是依然对其抱有希望，香港电影，在每个人的观影史上，都必然留下浓墨重彩的一笔。

## 录像厅里的青春影像记忆

整个 20 世纪 80 年代，关于内地电影的记忆几乎是一片空白。与之相反的，是香港电影的蓬勃发展。是的，这个阶段，正是香港电影的黄金时代。在这黄金十年里，有"七日鲜"的说法，也就是说，一部电影从拍摄到制作完成只需七天。文隽和王晶，都是"七日鲜"的个中好手。

在那个娱乐方式单一、相对闭塞的年代，录像厅成为宣传港片的重镇，成为我们接触香港电影的唯一途径。大多数人关于电影的记忆就始于录像厅。香港的武侠片、黑帮片、搞笑片、艳情片……以极其惊人的速度更新。一部分青少年在拥挤的小屋里，在烟雾缭绕中，完成了有关成长的蜕变。

逃学、打架、在录像厅里沉醉于别人的生活……是某些青少年特有的记忆。李小龙、成龙、李连杰、徐克、周星驰……一个个如雷贯耳的名字，构成了有关青春的印记。

现在想来，不知道是电影模仿了生活，还是生活还原了电影。那一阵子，不少男生穿外套都不系扣子，就那么往肩上一披，谁要是有件黑风衣，那可真是酷极了！校园里有人拉帮结派，是老师和家长眼中的问题少年，但是却能获得不少同龄人的尊敬与敬仰。这样的兄弟情谊，让大家相信他们就是电影之外的真实版"黑帮老大"。

20 世纪 90 年代中期，VCD 出现，几年以后，又被 DVD 所替代。当年的少年早已长大，港片风云不再。我们开始去电影院，开始买碟片，日本恐怖片、韩剧、欧美大片成为新宠。录像厅迅速成为一个过气的名词，尘封在记忆中。有时候，偶尔会像追忆小人书一样追忆录像厅时代。只有那次，看贾樟柯的电影《小武》时，听着街上的录像厅里传来噼里啪啦的武打音效，以及你死我活的精彩对白，不知道有多亲切。

## 从英雄主义到阴谋论

曾混迹于录像厅的人，大概不难理解什么叫作"英雄主义"。江湖，是为那个特定的年代准备的。出身于草莽，漂泊于江湖。

每个人，都有可能坐上头把交椅，都有可能有一番作为。

1985 年，《警察故事》获第五届香港金像奖最佳故事片奖。那是一个彰显香港人满满自信的年代，成龙扮演的警察陈家驹，是保护香港安全的代表性人物。《警察故事》可以说是香港影史上的一座里程碑，香港功夫电影至此完成向动作电影的转型，这也标志着成龙以及他的成家班在银幕上玩命的开始。

1986年，《英雄本色》横空出世，周润发扮演的"小马哥"成了新一代的偶像，此后英雄片大行其道近十年。很多年过去，可能已经模糊了具体的情节，可是，你不能够忘记"小马哥"，不能忘记他的墨镜、黑风衣、牙签，以及嘴角那抹似有似无的微笑。同时，还不能忘记曾经的某个时代里，曾有一种理想叫江湖，曾有一种品格叫义气，曾有一种情感叫兄弟。

那是个快意恩仇的年代，江湖中人爱憎分明，为兄弟两肋插刀。世界被分成黑白两派，英雄主义情结泛滥。

到了21世纪，各种价值观、世界观重新开始碰撞，信仰和理想主义不再是主题，每一颗心都在凌乱不安地跳动。黑帮电影重出江湖，但是，一切全变了。《无间道》成为代表作，黑白世界已经变成无间地狱。两个身份混乱的人，做梦都怕人拆穿自己的身份。到了《门徒》，依然是卧底，依然尔虞我诈。再看今年在金像奖上大获全胜的《投名状》，兄弟显然已经完全不可信。以前港片具有代表性的英雄情结，显然已经被阴谋论所替代。

有时候，会怀疑那样的"小马哥"是否真的存在过，那样的义气是否在人类历史上出现过，抑或"小马哥"根本就是一个误会，一个神话时代的误会。他们披着黑风衣，毫不犹豫地赌生赌死，无视规则而以内心为行为规则，实在是现代社会中人们无法实现的梦想。因为无法实现，所以弥足珍贵。

## 文艺片式甜点

少有人一开始就对文艺片感兴趣。十几岁的光景，哪懂爱情啊！更何况文艺的、虚幻的爱情，需要时间来感悟，需要时间来消化。那时候偏爱动作片，打得越厉害，情节越曲折，看得越来劲。文艺片，就是"闷片"的代名词。不好意思说看不懂，只好说闷。场景转换慢之又慢，镜头在一只手、一朵花上能停留许久，有时候，又快得让人连接不起来，主人公自言自语，听了半天，不知道在说什么……

一直到二十来岁，才开始看文艺片。不过，文艺片俘获人的能力比想象中要强大得多。一旦被它俘虏，你才知道当年错过了怎样的经典。《阿飞正传》里张国荣说："我听别人说这世界上有一种鸟是没有脚的，它只能一直飞呀飞呀，飞累了就在风里面睡觉。这种鸟一辈子只能下地一次，那一次就是它死亡的时候。"《重庆森林》里金城武的独白："每天你都有机会和很多人擦身而过，而你或者对他们一无所知，不过也许有一天，他会成为你的朋友或是知己……"

从来不知道电影有这样一种力量，能把你隐藏在心底的想法、念头，用美妙的画面、精确的语言——描述，它比你还了解你自己。

不过，看多了，慢慢发现文艺片就是在男欢女爱中你追我赶，各自承受着命运的捉弄。如王家卫拍摄的片子其实都是同一个故事，不管是《东邪西毒》还是《花样年华》《2046》，其实都是当年《阿飞正传》的延续。一直到2005年，有了陈可辛的《如果·爱》。两个相爱的人，为了名利分离，再次相逢，偏要互相折磨，偏不能放下那些虚荣……现在的人，不如以前勇敢；现在的文艺片，不如以前好看。

文艺片，好似精致甜点，正餐过后，懂得享受的人会要来慢慢品味。只是，在人人都食快餐的年代，甜点，多少显得奢侈而不合时宜。

## 曾经辉煌过的明星

有电影，就必然有明星。不知道是电影催生了明星，还是明星炒热了电影。反正，它们就这样互相推动着，互相扶持着。

香港电影是一个造星的摇篮。不同时期、不同年代，都会有那么几个人名深深烙在心上。

喜欢上周星驰，是出乎意料的事。他出现的时间，早了那么几年。1995年《大话西游》公映时，它"又庸俗又吵闹"。但不知道什么时候，当你完整地看一遍，世界观也许就此颠覆。这种无厘头和后现代的风格，颠覆了人们的审美习惯。以至它的影响，一直延续到现在。

也许只有周星驰，才能创造出《大话西游》这样的奇迹。也只有周星驰，在香港电影进入萧条期后，又有《喜剧之王》的问世。演的明明是喜剧，可是，大笑之余，却让人无比伤感。

除了他，还有很多人，在不同的年代，给过我们不同的欢笑与悲伤。相同的是，他们都老了。在《阮玲玉》中，关锦鹏曾经问过张曼玉："你有没有想过50年后，还会被人记起？"这句话，他同样问了刘嘉玲。在影片中，她俩给出的答案截然不同。十几年后，当初的那句戏言现在听起来十分耐人寻味。刘嘉玲早早地淡出，张曼玉终成一个时代的经典……

张国荣走了，梅艳芳走了……人们都在问，新人在哪里？他们除了绯闻，就是丑闻；除了炒作，就是爆料，演技却不敢恭维。

很多人在说香港电影死了，很多人对整个娱乐圈都没有信心了，但是经历了2003年，在SARS的肆虐中都挺了过来的香港电影人会跟你说香港电影还没到穷途末路。但是，显然，"很香港"这个词已经Out（过时）了。

（摘自《读者·原创版》2008年第6期）

# 1991 年的少女，今年依然 24 岁

林一芙

林一芙，青年作家，曾出版《姑娘，你有权活得体面》等多部作品，并创办女性自我成长公众号"林一芙"。

曾经有段时间，我和我妈的关系很差。

那是刚刚上高中的时候，我开始陆陆续续在报刊上发表文章，极爱读海子的诗歌，似懂非懂地把"海水点亮我，垂死的头颅"挂在嘴边。

"少年不知愁滋味，为赋新词强说愁。"我当时大概就是那样一种状态，假装离经叛道，可骨子里还是个小孩子。

我妈批评我在书桌前"磨洋工"，我就偏要反驳一句"你只知道说我，自己当年为什么不用功一点读书"，总之不反驳心里就不痛快。

青春期撞上更年期的飞扬跋扈和互不相让，在我们家愈演愈烈。

那时我妈 40 岁刚出头，突然变得很怕老，每天对着镜子担心自己的眼角

纹和皮肤的松弛。

年岁还小的我并不能理解女人意识到自己老了是一瞬间的事，只觉得她越来越啰唆，还突然开始喜欢怀旧。她开始回忆当年《排球女将》火遍全国的盛况，更免不了要说她年轻时最爱看的"琼瑶剧"。

我妈年轻那会儿，台湾的偶像剧在大陆风靡一时，尤以琼瑶作为编剧的"三朵花""六个梦"系列最为火爆，被观众称为"琼瑶剧"。电视剧的主题曲《梅花三弄》是当时最火的歌，连三岁小孩都能够清楚地背出其中的念白"梅花三弄风波起，云烟深处水茫茫"。

可是到了我懂事的年纪，琼瑶剧已是老旧的回忆。那时的"日韩流"正异军突起，时尚杂志上全是日本的模特，留着栗色的鬈发，穿着性感的吊带裙。

我背着我妈偷偷地买了电卷棒，自己在家卷头发。一次，因为技术不精，烫到了后颈，留下一块黑疤。当时疼得不行，只能拜托我妈去买药，被我妈大骂了一顿："漂亮的人就算披头散发都好看，你看那些琼瑶剧里的女主角，清清爽爽地穿白色连衣裙多好！"

我们的母女关系开始陷入一种死循环——我觉得我妈所谓的流行早已过时，而我妈认为我现在关注的东西都是糟粕。

当时我们班转来了一个长得很好看的男生。

班上人数太多，在原本四列课桌的基础上，又在中间加了一列小桌子。班主任为了保护学生的视力，每两个星期会按从左到右的顺序换一次位置。坐在中间一列的同学因为不好安排就不进行调换。那个男生就坐在最中间的一列，和我同一排。因为这样的安排，我每隔两个月就能在那个男生旁边坐两个星期。

别人看不出来，但我自己心里在数着日子，就盼着那一天快点到来。

好不容易等到了，可是两个星期实在过得太快了，一眨眼又到了要换位置的时间。

虽然我自认是一个要"关注人类命运"的人，不能在这样的小事上斤斤计较，可是心里又欢喜得不得了，每天回家嘴里就像长了个漏勺似的，不经意间说出一些关于他的信息。

比如说，物理课我们两个被分到同一组了，或是化学课时我们一起做化学实验了。

我还假称自己上课没来得及做笔记，借来了他的英语笔记，特意拿给我妈看，夸他的字好看。

我卷头发的次数越来越频繁，偷偷地在校服里面穿花边衫，这些都被我妈看在眼里。有一天，她假装不经意地问我："你天天说的那个男孩子，到底长什么样啊？"

我吓得赶紧矢口否认："我哪里有天天把男孩子挂在嘴上。"

但这给了我一个很好的借口，我以"我妈想知道你长什么样"为由，约了那个男生去拍大头贴。两个人在遮光的大棚里鼓捣了半天，终于拍出了一小袋照片。

我兴高采烈地拿去给我妈看。她当时正在看 CCTV 怀旧台，指着电视屏幕问我："你还记不记得你小时候陪我一起看过？那时候你还说'这个姐姐有小熊，我也要小熊'，还问我东北是什么样子的，闹着让我带你去看下雪。"

电视上正播的是《望夫崖》，一部 1991 年的"琼瑶剧"。我看了几眼，确实挺熟悉的，女孩子扎着两个小辫子，穿着传统的秀禾服，男生穿长衫马褂。

我鬼使神差地坐了下来陪她一起看，一方面是想找一找童年的回忆，另一方面大概是迫不及待地等她结束，来看我新拍的大头贴。

小时候看《望夫崖》，印象最深的就是开篇时，刮着大风的山崖上站着穿一袭红嫁衣的女主角。于是我一直以为这是一个关于等待的故事，直到这次我才真正看懂了情节。

那段时间，我和我妈的对话奇迹般多了起来。

她边看边说起高中时喜欢看琼瑶的书，常常在语文课上偷偷地放在膝盖上看；她说高中时想嫁给海军，喜欢高仓健那样高大威猛的男子；她说她上学时邓丽君的歌是被禁的，可是几个女孩子还是忍不住跑去邻居家偷听。

"我当时就想，世界上怎么有这么好听的歌啊！"她陶醉地告诉我。

这一刻，我和1991年的少女彼此遥望，甚至忘记了她是我妈。

她还破天荒地谈起和我爸的相识。我妈是个城里姑娘，初识我爸时，我爸刚刚从老家考到城里读书。

那时候，农村的各方面都比不上城里。虽然外婆外公不是迂腐的人，但我妈还是同家里拉锯了一阵才得以顺利地同我爸结婚。

婚礼接亲的那天正好遇上下雨，老人说结婚时下雨兆头不好，来看婚礼的乡亲围在旁边议论："怎么可能会好？一个城里姑娘是多没有出息才会嫁到我们这儿来！"

村里没有铺路，她一个人走在泥泞的路上，听着沿途的风言风语，抱着在城里租的西式婚纱的大裙摆，硬生生把眼泪憋了回去。

长久以来，我都习惯于母亲生来就是母亲。

我和很多年轻人一样，不加了解就随大流地贬损着不属于我们这个年代的东西。

我将我妈年轻时喜欢的东西全部归为迂腐、老旧，我以为她不懂爱，我以为她没有过青春，却没想过曾经的她甚至比今天的我还要勇敢。

我发现了一件我从未发现的事：原来我妈是可以了解我的。我开始同她分享一些私密的少女心思，包括那个坐在中间一列的男孩子。

开家长会的时候，我听到我妈央求老师把我换到中间那列，说是发现我总在斜着眼睛看黑板。我羞得斜眼看她，她却一扭脸，给了我一个狡黠的坏笑。

从那时候起，我妈开始变得格外可爱。她在楼下看到那个男孩子，还会特意上楼叮嘱我："别让人家等得太久！"

我时常打退堂鼓，她知道后就给我打气："交个朋友也好啊，你要是畏畏缩缩，以后连朋友都没得做。"

有时候我在想，我们用光影留住的到底是什么呢？或许，它存在的意义就是让我们跨越时间和地域，去了解自己生存维度以外的人与事。

我开始感觉到，我妈的过去就在我的身体里滋长，只是以一种不一样的方式和状态。1991 年坐在电视机面前幻想着未来的可爱少女，变成了如今的我。

我和那个男孩最终也不过是止于友情。后来在同学聚会上，我们谈起这一段，都觉得那时候单纯得可爱。

可有个道理却是历久弥新的：所思在远道，身未动，心已远，不如即刻起身，自己备好辔头鞍鞯，长鞭一挥，管它北上南下，谁还挡得住你去追寻！

（摘自《读者·校园版》2018 年第 11 期）

# 一个豪华的精神年代

张立宪

1991 年，我走上工作岗位，一个月工资和奖金加起来是 120 元，所以大家都哭着喊着要上夜班，这样每月可以有 50 元的夜班补助，很大一笔钱啊。

汇报这个账目不是为了哭穷，而是为了显富——两年后，国家普调工资，我一个月的收入突然成了六七百元。知道这意味着什么吗？你的工资是六七百元，可那会儿的书还是按照人们一二百元的工资水平定的价呀！

这是我另一段生逢其时的幸福生涯，并且更愉快的是，此时的我恰如其分地失恋了，不用把钱捐给那一场风花雪月的事，真是——从来没这么款过。

中华书局 20 册一套的《资治通鉴》是 58.2 元，精装的《剑桥中国史》全部 9 本才一百多块，《中国人史纲》两本一套才 8.45 元，而两本的《伊加利亚旅行记》你知道是多少钱吗？对不起，猜错了，是 3 元整。你觊觎许久的美书（有人反对我创造出这个词吗？），终于可以被你如愿以偿地搬回家了。

记得那时总是哥儿几个一块去书店，分头觅食，那厮喊道："老六，我看到了一部浅蓝色的书。"

"你大爷的！"我的色盲并不怕人笑话，可毕竟书店里有那么多人，如果让我循色找去，岂不污了读书人的名头？

"是左琴科的《一部浅蓝色的书》。"

"哦。"我的脸羞得连自己都知道那是红色了，"帮我暖住！"

"暖"是我们之间发明的淘书专用词，类似抱窝的母鸡孵小鸡，要将其牢牢地摁在自己身下，迈克·泰森来抢都不给。

抱着一大堆书到结账处，一边从口袋里掏出几张大钞付账，一边吩咐人将书用牛皮纸捆扎起来，那种感觉跟二奶押着大款席卷燕莎、赛特没什么两样。

迫不及待回到宿舍，打开纸包，一本本书拿出来，捧在手中，许多还是老相识。当年在图书馆就一见倾心，却直到现在才真正属于自己。平展的页面，整齐的切割，把鼻子凑近，嗅一下诱人的芳香，你怎能不幸福得直哼哼！

如今有个字眼叫"物流"。应该说，当年的物流是很不发达的，这是商品经济不完善的症结，但从另一方面来说，也是一桩好事———你到任何一家书店，都忍不住进去看看，并且总能发现在别处找不到的美书。美书就像美女，不能太容易得手。

每到一个城市，去考察一下当地的书店，像燕子垒巢一样往家里搬书，这是一个多会过日子的男人啊。

1993年参加上海国际电影节，是我第一次去这个繁华的都市。住了两天组委会给安排的豪华所在，心疼得不行，就跟另一个朋友搬出银星宾馆，住到了旁边的交大招待所，然后，他去淘碟，我去买书。

让出租车拉到一条书店云集的街上，一家家店逛起，到傍晚，落日熔金，拎着两大包书走到街边，正要招手拦出租车，却又停下，咬咬牙冲进书店，将刚才犹豫半天的《经史百家杂抄》暖住，才心满意足地回到住处。为了弥补开销，只好和室友食红烧牛肉面两碗——真是好吃。

室友买回一大堆老电影 VCD，后来他转战"东方时空"，与战友们攒出流芳一时的《分家在十月》，而我也得到了莫大的欣慰——这套曾国藩"攒"的《经史百家杂抄》再也没见在江湖上出现过。

朋友是用来喝酒灌醉的，但用来买书也挺好。我和分居北京的斌斌、小强经常相互为对方买书。说实话，北京人当时身在福中不知福，逛书店反倒没有我这个出差到京的人勤。那次在商务印书馆，看到大学时让我们秉烛夜读传诵一时的《光荣与梦想》，狂喜莫名，狂买三套，分送两人。

他们感动之余，看到好书也经常为我暖住。一次到北京，先和斌斌去吃朝鲜冷面，饭桌上掏出准备敬献给对方的书，居然都是《停滞的帝国》。

还有人记得《爱情故事》中那香艳的一幕吗？奥利弗和詹尼弗一起躺在床上看书——"奥利弗，照你这样坐在那里就知道看我读书，这次考试你恐怕要过不了关了。"

"我没在看你读书。我在读我自己的书。"

"瞎扯。你在看我的腿。"

"只是偶尔瞟上一眼。读一章书瞟一眼。"

"你那本书章节分得好短哪。"

这一段馋得我不行，想红袖添香夜读书的情景也不过如此了吧。

尽管这一境界没有达到，但到我结婚时，人生理想还是实现了一部分——依靠多年来的辛勤积累和多方采购，我终于为自己创造了一个一伸手就能拿到书的环境，从床到沙发，从厕所到饭桌，俯拾即是。

不能像奥利弗一样看詹尼弗的腿，但可以看男人的毛腿。一起看书的，是加我在内的三个男人，三人均已婚，都设有高大的书架——出自同一个设计师之手；三家的藏书大致相同——基本上都是一块儿买的；书的摆放也基本一致——全是采用我的编目法。

那真是一段快乐的时光。饭后一人抱着一大桶可乐，相互炫耀自己读过的书。背是背不下来的，但可以从书架上取下书，翻到那一页，然后念起来，要翻不着，就要被嘲笑一通。

三人读书，相互印证，彼此发现，是比一人效率高些。那天我看了余华首发在《收获》上的《活着》，觉得好得不得了。正巧中午另一头"猪"来我家吃炸酱面。饭后我向他推荐这篇小说，冷冷地说句："快，看。"——注意，吃过蒜之后，跟朋友说话一定要多用爆破音，最大限度地喷发，将其熏晕。然后，我去午休。

春梦做至六成，被吵醒。

是那厮如同牛吼的哭泣。

（摘自《读者》2004 年第 16 期）

# 那些与青春有关的记忆

佚 名

回望历史，校服的样式也在随着时间的变迁发生着变化，不同历史时期的校服总能代表这个时期的鲜明特色。自中华人民共和国成立以来，从 20 世纪 50 年代的白上衣加蓝裤子，到 60、70 年代的全民绿军装，再到 80 年代的海军服、90 年代的面口袋，和现在流行的新世纪西式校服以及各种各样张扬个性的"手绘校服"，可以说，校服的发展走过了一条繁冗而且迷途重重的道路。就让我们带着大家，一起看看这 60 年来校服的变化。

## 20 世纪 50 年代：随意搭配不求统一

20 世纪 50 年代，中国没有特定的校服，人们的审美取向都比较宁静和中庸，于是白色的上衣、深色的下装便成为主流。那个时期，国家百废待兴，有着比制定统一校服样式更为重要的事情要做，所以校服也就没有固定的款式。在那个白衣黑裤的年代，所谓的校服也不能免俗。当然，白上衣和蓝裤子、白上衣和蓝裙子已经成为经典，乃至今天，这样的色彩搭配也不落伍。

一直到 1958 年，社会风气都比较宽松了，大家的穿着和饰品才都比较大胆了。花色的呢子大衣、带花边的裙子都会出现在马路上。在《祖国的花朵》《哥哥和妹妹》里出现了穿花裙子、戴漂亮头饰的学生形象。在接下来的20 余年中，这样的服饰成了"违禁品"。

## 20 世纪 60、70 年代：不爱红装爱武装

20 世纪 60、70 年代，恰逢青春年少、风华正茂的同学们"偏爱"并"被选择"了军装，但要说军装代替了"校服"，却有些牵强，因为那个时候几乎没有学校在正常上课，所以根本谈不上"校服"。在当时的社会风气下，军装是几乎所有年轻人的选择。在反映这个时期青年人生活的电影里，男生清一色地穿上了军装：《阳光灿烂的日子》里的夏雨，《孔雀》里上高中的弟弟和工作的姐姐。至于暑假或者放学在家的时候，背心和蓝白条纹的海魂衫则是男生不二的选择。

## 20 世纪 80 年代：白衬衫与海军装

20 世纪 80 年代，真正意义上的校服出现在了国人面前。由于上个 10 年的审美口味余温未消，所以校服在设计上参考了很多"军事元素"。黄军装太土，迷彩服颜色太杂，一身白的空军装扮不耐脏，于是白衬衫、天蓝色裤子、背带裙这些模仿海军军装的校服应运而生。不过，这个时候的校服也还是杂乱无章的，既没有统一的标准，也没有规范的样式，每个学校都有自己的"审美"偏好。

在反应这个时期学生生活的影片中，"海军服"款式的校服占据了银幕上的半壁江山。《难忘中学时光》《失踪的女中学生》中都有海军服的身影。影片《小鬼精灵》里出现了大量的小学生，他们穿的校服是最具有代表性的、最标准的海军服。不得不说，穿上海军服还是很英姿飒爽的。与上一个20年的土黄色的军装相比，蓝白色搭配的海军服还是非常养眼的。

## 20世纪90年代："面口袋"运动服成主流

20世纪90年代，也就是众多"80后"念书的时候，校服在中华大地上如火如荼般遍地开花。可是这个时代的校服就好像"大跃进"一样，是完成"致富的政治任务"。这个年代的校服，毫无美感和装饰感可言。蓝色或者是绿色的配色、涤纶和腈纶为主的面料、超宽大的剪裁，让正处在豆蔻年华的同学们"蜷缩"在"面口袋"里度过自己的童年和青少年时代。

因为"面口袋"运动服太丑，所以在京、江、浙、沪、粤等一些经济发达的地区，开始出现了下一个10年才能在祖国大地上遍地开花的西式校服。经济上的差距，拉开了人们审美趣味上的差异。所以，以深圳特区为故事背景的影片《花季·雨季》中出现了以衬衫、西裤、皮鞋和背带裙为主打的校服；在淡化地域性的影片《十三棵泡桐》中，出现了电影中难得一见的、主流的"面口袋"式校服。

## 21世纪：与时俱进，百花齐放

进入21世纪以后，"面口袋"运动服渐渐淡出了国人的视线，取而代之的校服有好几种：一种是比"面口袋"好那么一点点的运动装，一种则是吸收了西方服饰元素的成衣，还有的则是改良之后的水手服。当然，在这个百花齐放的年代里，每个地区甚至每个学校，都会选择不一样的校服，在沿海地区能看到西装和套裙，在内陆省市则能看到立领的夹克和短短的裙子。

《十七岁的单车》里出现了男生有领带、女生有百褶裙的校服；《长江7号》里的贵族学校出现了英伦风格的短袖衬衫、西装短裤、格子裙的校服；在《男生贾里新传》和《夏天，有风吹过》这两部影片中，都出现了水手服的"倩影"。在《歌舞青春》中，校服成为影片的一个重要元素：男生是英伦风格的双排扣休闲西装，女生是桃红色针织衫和格子百褶裙，在严肃和稳重的同时又不失活泼和时尚。也许在下一个10年里，这样的校服能出现在生活里，出现在校园里。

对于"90后"来说，彰显自己的个性和喜好是很重要的，所以，还出现了"手绘校服"这个"校服的私生子"——在校服的白色区域画上各种各样的画。学校给了学生统一的校服，同学们却在上面展示自己的个性。在这里，个人主义抢占了集体主义的地盘——也许在这样一个小小的校服的白色区域上，我们看到的不仅仅是服饰的变迁。

（摘自《读者·校园版》2012 年第 12 期）

# 学生时代的三个梦

曾 涛

## 异想天开侠客梦

1989 年，我还是小学四年级的学生。一位老先生在我家门口摆摊出租小人书。我家在镇上，临街，因为和爷爷很熟，老先生每次收摊以后就把五个大书箱寄存在我家。作为答谢，他允许我随便取阅他的宝贝，于是我"拥有"了一座小小的图书馆。在那个贫乏的年代，很少有孩子能享受到这种待遇。我的记忆——确切地说是我的阅读记忆，就从此发端。

记得第一次拿到的是《隋唐演义》。那是一套连环画，精致圆润的笔触，栩栩如生的人物，仿佛为我打开了一个陌生而奇特的世界。我尤其喜欢里面英雄排行榜上的十八条好汉，到现在还记得排名第一的是李世民的弟弟李元霸，他使一对重逾 800 斤的擂鼓瓮金锤。看完一本，我就跟小伙伴炫耀，讲李元霸和宇文成都比武，讲秦琼卖马、程咬金的三板斧……玩伴们崇拜的目光激励我半图半字地看完了《隋唐演义》《东周列国志》《三国演义》《聊斋志异》和《西游记》。很快，我不再满足于看连环画，反倒觉得全是文字的大书看着更有劲。

不到一年，五个书箱里的书我差不多都看完了。这时班里转来一个城市户口的同学，她经常带一些童话故事书来学校看，我就蹭着看。印象比较深的是《洋葱头历险记》和《安徒生童话》。这些西方的童话故事为我打开了另一扇窗，让我看到了中国之外还有别的国家，还有别样精彩的故事。

正当我为书摊没有新书可读而懊恼之时，老先生不知从哪里弄来一套金庸的武侠小说。这是一套四本的《射雕英雄传》，比其他书受欢迎得多，常常是看了上一本等不到下一本。

武侠对男孩子可能具有天然的吸引力吧。更早一些，李连杰主演的《少林寺》在我们这代人心中播下了对武术好奇的种子，每个男孩子的心都骚动起来，一心想要成为武林高手。金庸武侠小说的流行，则给这颗种子提供了适宜的温度，让它在我们心底生根、发芽。再晚一点，根据金庸武侠小说拍摄的电视连续剧占领了我们学校以外的生活，男孩子们开口闭口黄药师、洪七公，动不动就比画降龙十八掌、打狗棒法，乐此不疲。

回想起来，少年时代做过的最荒唐的事也跟武侠小说有关。

那是1990年我上五年级时候的事儿。那个时候，小学升初中无须择校，也没有升学压力，只要每个学期的期末成绩单不要太难看，父母一般都不会太在意。这种宽松的环境让我们的梦想有了实现的可能。我们一帮男孩子不知是谁从家里翻到一本《少林拳谱》，我们如获至宝，于是商量要练成这门功夫。一番议论之后，大家决定每天晚上11点等父母睡着以后到河边沙滩上去练功。具体怎么练的我已记不清了，无非就是腿上绑上沙袋练轻功，按照拳谱练招式，还要学挨打——就是站在那里被同伴用脚踹，以不倒为上。这件事最后暴露了，因为我们每天上课都打瞌睡，老师找了家长，每个人回家挨了一顿打。挨打之后我们明白了一件事：即使武功再高，爸妈打你还是一样得挨，而且一样会疼。

## 难以抗拒明星梦

遭遇这次失败之后，武侠梦很快被我抛于脑后。升入初中，又有一件新事物吸引了我，那就是流行歌曲。

随着牛仔裤、口香糖的风靡，流行歌曲势如破竹，占领了中学生的课余生活。当时《新白娘子传奇》正在热播，于是时不时会在校园里听到"千年等一回，等一回啊——"；四大天王如日中天，于是到处都是印着刘德华、郭富城头像的贴纸和笔记本；《雪山飞狐》好看，那么《雪中情》的歌词就传抄起来。就连我们的班会课也会变成这样：先由学习委员把歌词抄在黑板上，大家争分夺秒、奋笔疾书地抄在自己的小笔记本上，再由文艺委员教大家唱。一个班唱开了，其他班也毫不示弱，嗓门更大，于是偌大一个校园在这一刻变成了一个盛大的合唱比赛场地。

爱屋及乌，对流行歌曲的喜爱自然延伸到对歌星的喜爱。不管是男生还是女生，都喜欢小虎队、四大天王、周慧敏，都在笔记本上抄写当时最流行的歌曲，在寝室贴明星海报，连送朋友的礼物都是有明星头像的笔记本。更有甚者，开始模仿明星的一切：男生不再满意板寸，蓄起头发将其三七分开，这样最酷；女生也不再扎辫子，纷纷剪了短发，向港台的女星们看齐，大胆一点的还偷偷烫了发，这样最潮。而学生中最受欢迎的往往是模仿明星模仿得最像的人，从邓丽君到林忆莲，从悲情王子到四大天王，凡是港台的明星，几乎个个都有追随者。在每个少年的心中，都有一个成为偶像、成为明星的梦。

也许是流行歌曲的歌词太浅白，不够耐人寻味，在别人都还沉迷流行歌曲、做着那个年龄特有的不切实际的明星梦时，我却开始移情别恋。不知从何时起，我又开始对宋词感兴趣，起因是有同学从家里带来了一本《宋词鉴赏辞典》。之前读的金庸小说里就有很多诗词：《射雕英雄传》里岳飞慷慨激昂的《满江红》，《神雕侠侣》中元好问柔肠百结的《摸鱼儿》和苏轼如泣如诉的《江城子》，《侠客行》里李白那首荡气回肠的《侠客行》……这些诗词在我读小说的时候不知不觉扎下了根，以至于每当我看到"醉里挑灯看剑，梦回吹角连营"，就会想到风流倜傥的陈家洛；想起瑛姑，脑中就会浮现"春波碧草，晓寒深处，相对浴红衣"的句子；读到"青青子衿，悠悠我心"，眼前就是阿九那幽怨的眼神……可以说，武侠小说为我进一步阅读诗词打下了一个良好的底子。当时流行的琼瑶小说也颇爱引用诗词，两位作家把我对宋词的兴趣激发到了顶点，自此一发不可收。我找来一个笔记本，把自己喜欢的诗词一首首抄下来，半个学期下来，竟也抄了大半本！当别人继续追星、大唱流行歌曲时，我却一门心思扑在了诗词上。

## 半途而废作家梦

20世纪90年代初，中专要比大学吃香，因为中专学制短，出来就可以工作，而且多是包分配；读高中则是退而求其次的选择，大学对农村人来说更是遥不可及。我庆幸自己选择了后面一条道路，顺利升入了县一中。

文理分科时，我选择了文科，原因自然是兴趣偏好。宋词和武侠小说这看似毫不相关的两样东西，因为机缘巧合，在我身上融合在了一起。它们不仅使我领略了文字之美，还让我看到了大千世界里纷繁复杂的人和他们之间错综复杂的情。

读文科需要很大的阅读量，幸好学校里的图书室满足了我的这个需求。从《黑骏马》到《平凡的世界》，从《红楼梦》到《史记》，从《牛虻》到《红与黑》，借到哪本读哪本，一路读下来，阅读量竟也颇为可观。

读的书多了，我对写作也越来越感兴趣，开始尝试第一次写诗，第一次交笔友，第一次向杂志社投稿，第一次参加征文比赛……不安分的心又有了一个小小的梦想——如果我自己能写书该有多好！算起来我尝试着写过两本书——如果也算得上是书的话——一本是小说，另一本是一首长诗。

小说只开了头，没有完成。那是一本武侠小说。当时古龙小说打破了传统，俨然与金庸小说分庭抗礼，文科班里也是金庸和古龙各有拥趸，常为谁更高明吵得不亦乐乎，甚至有古派粉丝自己写了一本武侠小说，虽说篇幅不长，但模仿古龙到了以假乱真的地步。班里还有一个人被热血冲昏了头脑，发誓也要写一本金派风格的小说。那个人就是我。我清楚地记得从书名到主角再到故事，着实费了点心思，还给它起了一个无比豪气的名字——《风华绝代》。这件事最终不了了之，原因是古派那个同学的大作《剑花·烟雨·江南》被同学发现其实就是古龙的作品，于是我的小说就再也没有了下文。

诗倒是写完了。说起写诗这件事，它其实和两个事件有关：一是那时刚读完拜伦的诗体小说《唐璜》，二是电影《泰坦尼克号》的上映。《唐璜》不仅满足了我作为一个少年所有的诗意情怀和冒险想象，更让我对十四行诗如痴如醉，以至我恨不得把见到的所有文字都换成十四行诗。《泰坦尼克号》在当时轰动一时，不知引发了多少情窦初开的少年浪漫的幻想。就影响力来看，说它是那个时代的《罗密欧与朱丽叶》恐怕也不会有人反对。在这两个因素的叠加影响下，我突发奇想，有了将电影改写成十四行诗的念头。凭着记忆，我将一个个场景从画面转换为文字，再从文字转换为诗行，同时还要考虑押韵和字数。在我写作的时候，《唐璜》中海黛与唐璜相见的情景与电影里杰克和露丝相见的场景重合叠加，让我难以区分。就这样凭着一腔热情，大约一个月后，我完成了这个前无古人、后无来者的"壮举"！

作家梦在繁重的学业负担和高考压力下不堪一击。高中生活其实是紧张而忙碌的。我所在的学校是封闭式管理，加之周末补课，我们每个月只能回家一次。在这个陌生的地方，老师们在分科之后就在我们耳边一遍又一遍地重复一个词——大学。从这个词里，我朦朦胧胧地感受到一种前所未有的压力。压力虽不小，却也产生了无穷的动力——对未来的憧憬让人跃跃欲试，我产生了想要去看看外面更大更精彩的世界的冲动，至于外面是什么地方，有些什么则根本没有去想过。改变现状的路只有高考，于是，年轻的心又有了新的梦想——大学梦。

当然，这是另外的故事了。

（摘自《读者·校园版》2018 年第 6 期）

# 80、90 年代中期的童年：质朴游戏

佚　名

生活在 20 世纪 80、90 年代中期的孩子，拥有可能是新中国成立以来最幸福的童年。在这个年代，旧的毒素虽未肃清，但旧的美德也还残存。孝顺、义气、忠诚、舍己为人……是那个年代真实且主流的价值观。与此同时，商业海潮渐次弥漫，但尚未席卷所有角落。

政治对孩子的关照，在这个年代明显减弱；商业对孩子的诱惑，在这个年代也未成为主流。孩子的群体习性浓厚，不像稍后时代的独生子女那样经常沦为小孤岛。于此年代成长的孩子，有相对自在的空间，相对密切的人际交往，更有助于健康成长。

质朴游戏是这个年代长大的孩子的集体记忆：滚铁环、拍烟片、打子弹壳、丢沙包、弹球、跳房子、跳皮筋、踢毽子、斗鸡、抽陀螺、抓子儿……印象深刻的还有吹纸人，就是剪下连环画中的骑马战将，互相吹着厮杀。技术好的能吹出各种角度的旋转，还能把纸人吹起来从半空中落下刺对方脑

袋，最后这招其实不实用，但是很有型，可以从心理上打击对手。

在质朴游戏之上，电子游戏冉冉升起，大约始自80年代后期。从最早的《魂斗罗》《超级玛丽》《沙罗曼蛇》等插卡式游戏，到后来的《街霸》《侍魂》《三国志》等街机游戏，深入童心，风靡一时。

与此同时，港台乃至日本和欧美的流行音乐、影视、卡通等娱乐产品大规模登陆内地。由此衍生了不干胶明星贴纸、海报、磁带、录像带、写真集等等。孩子们在卧室墙上贴满周慧敏，又在枕头边放上单卡录音机，听张国荣和谭咏麟。

当《霍元甲》播放的时候，孩子们就像在过狂欢节，他们看着电视，快速挥动胳膊，打一趟迷踪拳。同样重量级的电视剧还有《射雕英雄传》。片中翁美玲、杨盼盼、黄日华、苗侨伟等人的不干胶，更是遍布大小书包、文具盒、笔记本。

就动画片而言，男生最爱《变形金刚》，他们常在空地上跑来跑去，一边模拟变形的声音，一边大叫："汽车人，变形出发！"女生则爱《花仙子》，每个女孩心里都藏着一片七色花。就漫画而言，日系的《圣斗士》《七龙珠》《机器猫》，港系的《中华英雄》《龙虎门》等，是孩子们永远的美好回忆。

港产片也是童年生活中不可分割的一部分。《英雄本色》一出来，叼火柴棍的男生到处可见；《赌圣》系列则推广了大背头和巧克力……那是港片的黄金时代，也是我们的花样年华。

精神娱乐之外，更有口腹享受。这个时代的零食，民俗味道浓郁：烤红薯、冰粉、糖人儿、棉花糖、炮筒、棒棒糖、绞肠儿……此外，还有现在已很少人吃的东西：果丹皮、酸梅粉、麦乳精等。如雷贯耳的零食品牌则至少有：大大口香糖、太阳牌锅巴、娃娃头雪糕……

太啰唆了，人一回忆童年，就是这种鬼样子，但心里一定泛滥着伤感与愉快。

（摘自微信公众号"现代阅读"，2016年8月21日）

# 我是北大穷学生

马 超

我常常回忆起我初入北大时的情景。

1999 年高考，我成了县里的文科状元，被北大中文系录取。我成为母校建校 60 年来，第一位被北大录取的学生。1999 年 9 月 4 日的早晨，日如薄纱，我和父亲在北京站下了火车，顺着人群走出车站。父子俩坐着绿皮火车，挤了 16 个小时，从一片天大地大的皖北平原，来到了这高楼大厦林立的都市之中，疲惫到了极点，同时又对自己格格不入的装束感到不安。我记得很清楚，那天我上身穿着白色长袖衬衣，上面沾满灰尘，领口黑黑的一层；下面是褐色起球的休闲裤，有些短，把人吊着；脚上是一双劣质的黄皮鞋。最让我放不下心的倒不是穿着，而是手中拎着的那个塑料行李箱，那是临出发前在集市上花 45 元买的。离家不到十里路，它就完全裂开了。父亲不知从哪里弄来几段零碎的绳子把它紧紧捆住，里面的衣服从缝隙中拼命往外挤，我担心它随时都有再裂开的可能。

来北京上学，是我第一次坐火车，按理，该是有些兴奋的，但我一点也兴奋不起来。在合肥站上火车后，我拿着火车票，在拥挤的人群里找到我的座位，发现座位上坐着一个孕妇。我怯生生地告诉她，座位是我的，她却一句话也不说，像个小说家一样深沉地望了我一眼之后，就开始像一个旅行家似的望着窗外。我想告诉她，我是北大的学生，我想告诉她，这是我第一次出门远行，可我最终没有说出口。

在那拥挤的空间中，我觉得那么不合时宜，最后我离开了，挤到了另外一个车厢里。

就那样茫然地在人群里站着，16个小时，我连口水都没喝上。父亲比我更惨，他和一个同去的亲戚被挤到餐车里，花钱买了个茶座，因为随时可能要换地方，他不得不扛着那个裂开的箱子在人群里挤来挤去。我听着旁边的人说话，不知怎么插嘴，也根本没有想插嘴，就那样沉默着。这第一次火车旅行让我到现在为止都害怕坐火车。那感觉就像小时候吃腻的食品，一遇到适宜的场景，便排山倒海一样从胃里涌出来。

那时，北大的一年级文科生是要到昌平校区的，校车拉着我们父子直接开到了那个偏僻的地方。我们家的经济条件不允许父亲在学校逗留很长时间，他必须当天就赶回去。一下车，我们就忙着报到、买被褥、买生活用品。父亲留下回去的车费，把剩下的300多块钱全给了我。中午，我们在食堂吃了顿饭，觉得饭菜很贵，也没舍得要什么菜，那算是我父亲来北京吃的第一顿饭。下午，父亲要走了，我们站在校区的那片槐树林里等校车。父亲说："你不要不舍得花钱，该买的买，该添置的添置。"又说了一阵诸如照顾自己，不是在家里，不要想家之类的话。接着我和父亲便陷入沉默。他慢慢地转过身，望着那长满野草的球场和球场远处的树林。我看见他抬起手去擦自己的眼睛，一阵悲伤的情绪从我心中不可抑制地涌出。说来好笑，那时我差点说出一句话："爸，我想跟你一起回去。"

几年后，我在《鲁豫有约》节目录制现场，再次回忆起这个场景，还是忍不住心酸落泪。

后来堂兄写信给我，说父亲是第二天下午赶到家的。那天正好是我堂兄考上安徽农业大学摆酒请客的日子。父亲风尘仆仆地赶到酒桌上，众人端起酒杯，等他说话。堂兄说，所有的人都用期盼的眼神看着父亲，等他讲讲伟大的首都北京，讲讲千里之外风光的我。父亲还未开口，已经泪眼婆娑。他喝了杯酒，说："我们家的孩子在那里是最穷的一个，让他在那里受罪了。"之后，父亲泣不成声。

父亲走后的一个多月，我是靠着那300多块钱过活的。

我吃得很简单，夜宵是晚饭时从食堂买的一个馒头，简单但过得有滋有味，我像其他同学一样享受着自己的大学生活。每天早起到操场上读英语，白天上课，晚上看看杂书，有时也打打乒乓球。没有课的下午，我和球友们去踢球，我还记得"新生杯"上的第一个球是我踢进去的，我兴奋得满场狂奔。我幸福地过着自己的大学生活，不让人对自己的生活有怜惜之感，或者说我对于这些富与贫、乐与苦根本一无所知，无知者无畏。

不久，母亲写来一封信，错别字连篇。她在信里说，想跟着建筑队出去，给人家做饭，一个月有五六百块钱。那封信让我十分难受，我赶紧回信，说你要真去了，我就不上学了。母亲身体不好，怎么能做这种粗活呢？随后，我坐车来到北大的本部燕园，在家教公司找了一份家教，每周六教三个小时，共100块钱。这意味着我每月有400元的收入，我赶紧写信给家里人说我找了份兼职，生活不太紧张了。从此，我每周六一大早就要坐校车往燕园赶，再从燕园坐车去西直门，走一段路，到学生家上课，中午在附近吃点饭，再上下午的课。回来时，赶不上坐校车，就只能从西直门坐27路，倒345路，到昌平，再坐小公共汽车到南口。从南口到校区是一段林荫路，从小公共汽车下来后，天基本黑透了，我要摸黑走四里路，两边全是果园和庄稼，路上只有我一个人。每次看到校区门口的红灯笼，我的眼睛都有点模糊，那种疲惫后的熟悉让我感到一阵阵的温暖。我还记得第一次拿到100块钱的补课费时，在西直门复杂的立交桥上，我找不到北了。

回到燕园后，我有了第一份不错的工作，帮一家文化公司写畅销书。最悲惨的赶稿，是一周之内我们三个人需要写18万字。那时不像现在用电脑打字，一切都是手写，稿纸一沓沓地写完，再一沓沓地买。白天写不完，晚上搬个板凳在楼道里写，六天我写了八万字，拿到了1800元的预付金。这笔"巨款"让我兴奋异常，那时手已酸痛得几乎拿不起筷子。慢慢地，我对这种坐在屋里就可以忙活的兼职情有独钟。

譬如帮人家写初中生阅读的稿子，我一夜写了12篇，篇篇通过。

从那以后，我辞掉家教，开始把更多的时间和精力用在看书和学习上，用在享受北大的生活上。我对很多课程有浓厚的兴趣。《东方文明史》的课，让我对楔形文字的起源感兴趣，北大图书馆查不到，我跑到国家图书馆去查。上白巍老师的《中国美术史》，我特意跑到故宫去看画展，跑到军事博物馆里去看中国油画展。是的，我像北大的其他学生一样，在学习，在努力，在收获。我开始学着写一些自己想写的东西。大二时，我的第一篇小说发表。我努力学习，每次期末考试前的一个月都不怎么睡，困了，咖啡粉直接倒在嘴里。早晨考试，买带冰的矿泉水让自己清醒。我拿过奖学金，评过标兵，体育得了奖，也获得了北大"优秀共产党员"的称号，我知道我的努力没有白费。

大三时，一位央视的编导来中文系男生宿舍找兼职，我当时是班委，给她介绍了几位同学，她不满意，让我去试试。我带着浓厚的好奇心去了，那天恰好遇到了2002年北京那场恐怖的、突如其来的大雪。

我下午6点从北大南门出发，坐车去北三环的静安庄，平时40分钟的路，到晚上12点半才赶到。整条马路上都是车，都是人。我们是推着车往前走的，从人大一直推到了静安庄。那个夜晚的北京城混乱而有秩序。等我凌晨3点半从编导家里谈完出来的时候，马路上的车已经可以开动了。我们谈得不错，我开始在央视十套、四套的几个栏目做文案的写作和策划，几位电视人对我评价挺高，收入也还可以。后来，我对文案写作已经很熟悉了，干起活来也如鱼得水，我决定退出来不干了。这个决定大大出乎编导的意料，她挽留我，我笑着说："我还想做些别的。"

从大二下半学期开始，我不再向家里要钱；大三下半学期，我开始帮姐姐支付一部分生活费和学费。在北大读研究生时，我开始写剧本。

妹妹上大学，上的是第三批录取的本科，家里打电话来说学费很高，我说没事，让她去吧，有我呢！暑假我送妹妹去上学，前后给她交了1.7万元，还留下3000块钱生活费。

是的，这就是北大的生活：它让我感激，让我留恋。这里不会因为贫穷而让你止步不前。我的两位好朋友，家境很好，现在一个在美国读书，一个在新华社工作，再相聚，依然笑声不断。我们没有隔阂，我们谈论的是快乐和幸福。谁也不会因为你困苦对你照顾有加，一切需要你自己去实践。这里是北京，这里是北大，这里有无数的年轻人，这里有无数的脚步。他们来来往往，有过陌生和熟悉，有过泪水和笑脸，有过朋友和异己，有过丑陋和美丽。当你把其中一个脚印放到镜头前，放大，放成8英寸，放成12英寸，放成毕业照一样大的20英寸，你从中发现的是自己身上的一种坚韧和力量。更重要的是，从那个脚印里，我们欣然发现了自己悄悄遗忘的微笑和幸福。

（摘自《读者》2010年第5期，本文有删减）

# 感谢土气的 90 年代，感谢土气的兰州大学

**十年砍柴**

"哥们儿，是'欢快'不是'方块'，我来教你，h-u-an 欢。"

"好的，h-u-an 方。"

"唉，是欢、欢、欢，不是方！"

这是我刚上大学后印象最深的一件糗事。上铺的一位甘肃籍同学强化我分清"h""f"，折腾了一个晚上。而今回忆起来，满是温馨的感觉。即便当时，我也只觉得有趣，无丝毫的自卑感。

近些年来，名牌大学的农村学生比例越来越小，已然成为一个社会问题。这两年来，教育部门和各高校出台一些招生政策，向农村特别是贫困地区的农村学生倾斜。一些幸运的农村学生进入他们心仪已久的名校，往往一段时间内有着巨大的挫折感，难以适应大学生活，和家境优渥的同学难以交流，从而产生自卑、焦虑……

每当看到这样的新闻，我总庆幸自己是在土气的 90 年代初读完大学，而

且在一所颇为土气的名校度过四年时光。我的母校兰州大学，至今仍然是985 高校中贫困生比例最高的一所。

我是 20 世纪 80 年代最后一年迈入大学校园的。大学生涯中，我似乎没遇到什么很伤自尊的事情，从进校第一天，就信心满满。

由于历史原因，那年秋季开学很晚，我几经转车，坐了 50 多个小时的火车，在九月中旬才到了兰州火车站。因为刚经过农事第一苦"双抢"（抢收早稻，抢插晚稻），再加上一路的风餐露宿，我已是体瘦如猴，满面尘灰，身上的廉价 T 恤已脏得看不清纹路。火车站的"迎新点"已经撤离，我问了一路步行进校后，找到我的宿舍美美地睡了一觉，醒来后开始和同宿舍的室友交谈，接下来逐渐地和全班同学熟悉。

我发现原来同学和我一样土，有些甚至过于我，此前的种种担心立马烟消云散了。

我住在一个中文系和法律系混合的宿舍里，中文四人法律三人。我所在的中文系四人全是从农村考入大学的，对面下铺的兄弟是湖北武穴长江边一个村庄长大的，其上铺的兄弟是江苏南通海边渔村的；我的上铺老兄是在甘肃东部黄土高原窑洞里长大的，而我来自湘中农村。他们的父母都是地道的农民，我家好歹是"半边户"，即父亲在外面工作，吃居民粮，母亲带着儿女在农村。比较起来我还有点优势。法律系的室友条件好一点，一位江苏淮阴的老兄农村长大，另外两人一位是甘肃天水市区的，家境最好，另一位是陕西宝鸡铁路子弟。这两人无论从生活还是学习上都没有显示出什么优越感。

那一年招生规模锐减，整个兰大中文系本科就招了一个班 32 人，其中男生 19 人，女生 13 人。农村生源差不多 20 人，其他十来个城镇生源的多数来自小镇、县城，地级市的不多，副省级城市和省城只有重庆（当时没有直辖）一人、贵阳一人、兰州两人，来自天津的两位女生都是郊县的。

当然，同学之间还是有家境和知识结构的差异，但这种差异很小。比如，唯一在大城市长大的是来自重庆的"夫子"——他面容白皙、身材瘦高，举手投足有一种文人的优雅，喜欢引经据典，故荣膺此绰号。他算是见多识广了，也只是一些城市生活的常识——如坐公共汽车、看足球赛。大学第一个学期，略伤我自尊的事是普通话讲得太差，这倒不是城乡差别决定的，主要是地域使然。我们班北方的学生占了三分之二，即便是乡村长大的，普通话说得也比较标准。而我从小学到高中，所有的老师——包括语文老师，都是用方言授课，而且不止一种方言。湖南邵阳、娄底一带十里不同音，我的高中老师有讲邵阳话的，有讲新化话的，有讲湘乡话的，就是没人说普通话。临近毕业时，才有女生告诉我，第一个学期听我说话，意思要靠猜。善良的女同学为了不伤我的面子，不管听懂没听懂，一律点头。

有一个晚上，我在宿舍里朗诵英国大诗人雪莱的《云雀颂》（查良铮译），头一句便是："祝你长生，欢快的精灵！"上铺的老武正躺在床上看书，一听不对呀，怎么读成"方乐的精灵"？于是出现了本文开头的一幕。那个晚上，老武硬是让我对着镜子发"h"的音，从那以后，我算是能把"弗兰"念成"湖南"了。

还有一件很糗的事是一次上英语泛读课，我很不幸被老师点名来读课文。要知道，我们那个年代农村中学学生念的都是哑巴英语，完全靠死记硬背来应付考试。我压力山大地站起来，结结巴巴把课文读完，漂亮的女老师说了一句："好重的方言味，哪个地方的英语？"教室起了一阵哄笑，但我也不是很在意，因为全班读哑巴英语多年考上大学的远不止我一个。

可以说，我的大学生活从一开始，就不压抑，而且湘人的争强好胜性格决定我在校期间还颇为骄傲。现在想想原因，不外乎以下两点。

一是90年代初大学校园风气纯朴，或者说"土气"并不是一件丢人的事情。改革开放没多久，社会贫富悬殊不大，城市和农村家庭出身的学生，家境有差别，但也没有现在这种天壤之别，无非有些人过得殷实一点，有些人日子清苦一些。学生的贫富差别，也就是体现在中午打五毛钱的红烧肉还是一毛钱的青菜上。

二是我所就读的兰州大学农村学生占大多数，中文、历史、数学、物理等基础学科尤其如此。即便是比较时髦的新闻、经贸、外语等专业，城市学生较多，但仍然没有超过农村学生。整个大学有一股浓浓的"乡村风"，生活在其间觉得轻松、自在。或许孤悬西部的兰大有些特殊，京、沪、杭、穗、宁等发达城市的名校，农村学生比例与兰大相比较小一些，但也没有现在这般悬殊，农村学生生活其间压力肯定比现在小得多。著名作家刘震云有一次回母校北京大学做讲演，说他1978年进北京大学中文系就读，有一次问同宿舍北京长大的兄弟："课间女同学的嘴里还得咀嚼着什么呀？按照我在村里的经验，这是在我们村牛棚里才能出现的情况（即牛在反刍）。"同学告诉他，那是在嚼口香糖！那时候，一个从河南来北京的乡下人，真没见过这洋玩意儿，好学的刘震云只能"每事问"。但总体说来，这类尴尬都是无关紧要的事。

还有一个值得深思的现象是，互联网时代的到来，不但没有抹平城市学生和农村学生之间的信息鸿沟，反而加大了。我记得第一次知道有因特网这个玩意是大二时一位数学系的老乡，告诉我兰州有两个地方可以上因特网，查询国外的科研资料，一个是兰州大学，一个是中科院兰州分院。在前互联网时代，中学生、大学生获取知识的主要途径是阅读——不管是教科书还是课外书，没有那么多的音乐、美术考级加分项目，不就是比拼谁读书多吗？

现在一些城市家境好的中学生甚至小学生已经游遍美、日、欧，农村学生除了待在故乡拼命做题哪有机会远足？青少年开阔眼界、获取知识的渠道越来越丰富，如此农村学生的劣势就很明显了。而且，要弥补这类差距，远比以前图书为王的时代艰难。以科举时代为例，曾国藩在28岁中进士以前，大部分时间生活在偏僻的湘乡农村，直到他第二次会试落第，回家绕道金陵时，才买了一套《二十三史》。参加会试时的曾国藩除了八股文、试帖诗和策论应付"高考"的知识与江南那些诗书文化世家的子弟差别不大外，其他见识恐怕要浅陋得多。但在可以通过阅读弥补差距的时代，只要有一个图书馆，而且爱读书，乡下孩子很快就会赶超城里的孩子。

从我读大学的 20 世纪 90 年代初开始，农村教育和城市教育的差距越拉越大，而且从学前教育就开始了，到了高中阶段更加明显，大学名校的农村学生比例也随之逐年减少。有幸考上名校的农村学生从以前的多数派变成少数派，再加上高等教育家庭负担的成本剧增，以及社会贫富悬殊的扩大，社会包括高等学校攀比、炫富之风流行等原因，那些从农村家庭走进名校的幸运儿，所受到的压力当然会远远大于我读大学时。

假如我晚 10 年或 20 年从农村去读大学，还有我当年走进兰大后的自信满满和大学期间的从容么？真得感谢土气的 90 年代初，感谢土气的兰州大学。

（摘自"小读"，2016 年 9 月 9 日）

# 心在哪里安放

孟宪利

## 1

1997 年，我大学毕业。在我到国家部委工作之后不久，爸爸满心欢喜地从山东老家来看我，想要感受一下儿子带给他的荣光。

当时我住在单位的集体宿舍，我只能把爸爸安排在附近的旅馆，那是一家地下旅馆。

这是一个与老人家传统意识、近期想象、来时预期全面冲突的安排。在去旅馆的路上，老爸满脸的失落，看得出他内心一直在激烈地斗争，体会着儿子的不近人情以及现实与理想的巨大反差所带给他的惊诧。

在地下室刚刚坐定，爸爸终于还是开口了："儿子，你就让你爹住地下室啊？家里人都说你在国务院工作，风光得很呢！怎么老爹来北京了，连个住的地方都没有?"

爸爸的话,显然刺痛了我,我无法解释他所不了解的北京,恰如我也无法解释他所不了解的基层公务员。

## 2

两年之后,我终于赶上了机关福利分房的末班车。欢欣之余,让我忐忑的是,按照既定的分房方案,我的分房资格还有待核准。

在找了分房办数次无果的情况下,抱着最后的一丝希望,我给分管副部长写了一封有生以来最煽情的"求房信":

……每当我加班很晚,拖着疲倦的身躯,带着忙碌了一天的工作所给予我的内心的充实,挤上通往集体宿舍的最后一班公共汽车时,我茫然地看着绚丽的北京,感受着万家灯火、各居其所的安宁,我就觉得自己像一个流浪的孩子,找不到回家的方向。每当此时,我就想起小时候我在野外走丢了,等待着妈妈牵着我的手回家。而此时,在我给您写这封信的时候,远离了家乡亲人、孑然一身来到北京的我,是多么希望您就像小时候牵着我的手的妈妈那样,向我伸出温暖的援手,牵着我回家。

这是我第一次为了个人目的而动用煽情术,半假的真情散落了一地。

结果恰如荒野里的期待,我分到了一套一居室。房子很老旧,不到50平方米,但这房子对于我来说意义重大,我仿佛看到爸爸带着众乡亲来我家里打地铺的热闹景象。

很久以后,我遭到几个知道此事的朋友的嘲笑和戏谑,他们认为一向标榜清高的我,为了一套房子竟至行文如此肉麻,是一个地道的俗人。俗不俗我不知道,我只知道,当时我快乐得直蹦高。

不久,机关停止了福利分房,刚刚进入我们司的一个姓魏的师妹只能购买经济适用房。2003年左右,魏师妹买了一套西三旗的房子,需要20万。20

万啊，刚刚毕业的人，从哪里一下子拿出 20 万来？我当时很为她担心，觉得她上了这个城市的当。

3

转眼到 2010 年，我的外甥从我曾经就读的那所大学毕业了。他说："舅舅，我决心进入七环以内你那个叫作京的城。"

我说："欢迎。只是舅舅除了煽情术，教不了你什么。"他说不用，他有一颗强大的心。

毕业前夕，他仍在按照自己一直以来的惯性及父母、邻里的期待塑造自己，其中的一个根深蒂固的想法就是要去大机关，依据是，主流才能入流。

接下来，在世界上最难的"国考"及艰难的就业环境面前，他几经挫败，不但进不了机关，反而面临返乡的窘境。

随着离校日期的逼近，"强大的心"终于成了热锅上的蚂蚁，我知道这座城市给他的教育已经足够，于是决定施以援手，托熟人的关系，帮他进入了一家国有上市公司。

留京之后，他面临的环境是现实而残酷的。家里提供不了经济援助，女朋友家境也一般，但女朋友坚持说，没有房子不结婚。

同时，在他的内心深处，他还没有放弃从政的想法，总是觉得在企业工作比较边缘化。

他跟我说："舅舅，你们那时候多幸福啊，没有开豪车上班的同事，最牛的男生也只可能比你多一双耐克鞋。1993 年，西三环还是沙子路。1998 年，西三环以西还是平房。2000 年，燕莎的商品房才卖到每平方米一万元。"

## 4

看着他无处安放的心灵，我给他讲起了孟学农《心在哪里安放》那首诗和1995年发生在我身上的故事。

那时我上大二，获得了公费去香港参观学习的机会。那时香港还没回归祖国，我却可以到自己的土地上走一走，喜悦之情可想而知。

机会难得，大家都在兴奋地购物。当别的学生在买随身听、美食甜点的时候，我只是在女人街上花掉我所带的全部250块钱的大半买了三件T恤。

回来后，我在《中国青年报》上发表了《"穷"怎样变"富"》，以当时学得的社会学上"资源交换理论"来说明一个人可以很穷，但你仍然可以变得"富有"，就是你身上必须具有其他人所需要的"资源"。这些"资源"包括你的志向、坚毅、才气、能力、爱心、专业、趣味等等，而唯有这些才是你在这个社会上进行交往的"资本"，更是你走向幸福的起点。

于是，我告诉我的外甥：

第一，原来是主流才能入流，现在可能是非主流才能入流。当前是个多元化力量崛起的时代，展现人生价值未必要去从政。

第二，这个城市就是你的起点，尽快忘记家乡那些期待的眼神，会让你更加真实而从容。

第三，工作之后的五到八年，你会进入真正的"社会大学"。在哪里工作本质上差异并不大，关键是把个人的能力、水平全面提升上去，否则就会在35岁之后陷入人生全面的被动。

第四，经济上的困难是暂时的，这个城市让你留下，就会给你安身立命的资本，但人生总是"期权支付"的模式，"奋斗在前、收获在后"是通常的人生轨道，既然没有成为"富二代"，就要有成为"富一代"的决心。

## 5

后来，外甥的状态逐渐变得稳定而坚毅，天天坚持锻炼身体，坚持利用业余时间学习，考上了虽有些泛滥却代表处于学习状态的在职 MBA，工作上也表现得很出色。

今年的某一天，外甥突然给我打电话说："舅舅，我要报告你一个好消息，我买房了，在燕郊！"

今年的某一天，我与魏师妹一起吃饭，她已经是机关的副处长了。虽然月入只有 5000 块钱，但是她仍然活得风姿绰约，显然，并没有因为上班远而影响到自己的容颜；她虽然权力不大，级别不高，却是家庭幸福。这些让我强烈地感受到一种昂扬的正能量。

今年的某一天，我回学校参加毕业 16 周年庆典，看着年轻的学弟学妹，我心中顿生羡慕之情。想到自己一脸沧桑、几多白发和终已逝去的青春，都不好意思在海棠花前与他们合影了。与花合影，是需要勇气的，我知道，这勇气属于他们这些"未来者"。

是的，未来者！每个时代的人都有自己的起点，都必将走向舞台的中央，所以，只要有真正强大的内心，就没有必要担心未来。我不想告诉他们关于这个城市的真相，因为年轻就是他们最大的资本。

（摘自《读者》2014 年第 10 期）

# 如果你也生于 1995 年

Soul 麦芽

2018 年的春天可真是像一个多变的孩子，一会儿哭，一会儿笑。前几天大街上都是穿裙子的、衣袂飘飘的小仙女，现在就都是穿着大衣的、似乎已经步入更年期的阿姨。

这个春天见过大雪纷飞的北京，也见过艳阳高照的北京。首都总是跟别的地方不一样，首都终究是首都，就连天气也与众不同。年前整个中国都在下大雪，可是北京却是艳阳天。

年后的四月，万物生长的四月，北京却又下起了大雪，漫天纷飞的大雪让人一瞬间就把记忆拉回了冰天雪地的十二月。

我生于 1995 年，仔细算算今年都 23 岁了。突然发现一下子都长这么大了，我还以为我还是那个少不更事的、跟着那些大孩子在月光下看瓜田的少年。时光如梭，我第一次体会到这个词语神奇的魔力。有些事情明明感觉就像在昨天发生，可是仔细算算，已经过去了好几年。

　　我记得，我第一次渴望长大，是在我15岁的时候。那个时候，姐姐不想上学了，就跟着表姐去北京学习做手工艺品。我跟妈妈把姐姐送到车站的时候，看着姐姐哭得像一个孩子。我就渴望长大，我想我长大了，我就挣钱了，就不用离开妈妈和姐姐。那一刻，我最渴望的事情就是长大。

　　今年，我23岁，一眨眼已经过去了八年了。曾经那个离开妈妈就想哭的姐姐也已经结婚生子做了别人的妈妈，曾经那个15岁就想为家人遮风挡雨的少年也已经23岁了。

　　看到"简书"交友都是一些98年的孩子，我突然感觉我老了。我有一种感觉现在的世界是"00后"的了，"90后"已经可以退居二线了。

　　这个世界变化真的特别快，我记得我小时候拥有一毛钱就开心一天。两毛钱，可以买一包辣条和一个冰袋（就是用水加色素冻成一个冰疙瘩的东西）。我从来不敢奢望妈妈给我一块钱。就算妈妈给我一块钱，我也不敢花出去，因为太大了，我不知道怎么去花这巨款。

　　我第一次拥有的手机是"长虹"手机，那个手机三百块钱，是我在二手手机市场买的，是那种带键盘的，打起字来就噼里啪啦响，只要电话来了，就会闪七彩灯的手机。可惜的是，我用了三个月就黑屏了。我第一次知道我被人家骗了，很生气。

　　第二个手机就是翻盖的手机，我挺喜欢这个手机的。这个手机是我在深圳买的，五百块钱，是我自己挣的。我喜欢故意打开合上它，啪啪的声音很好听。就这样我又用了三个月，然后又坏掉了，我又给扔了。

　　然后就是我第一个智能手机了，我妈给我买的联想P700，一千五百块钱。这部手机陪伴我度过整个高中，现在还安安静静地躺在我的家里。这是我的青春。

　　我现在用的这个手机是我自己挣钱买的荣耀8，现在它哥，它哥的哥都出来了，真是让我感觉跟不上时代了。

　　**长到这么大，**

我说不出来我最爱的一部电影，

说不出来我最爱的一首歌，

说不出来我最爱的一个人。

时常觉得人生其实没那么有趣，

偶尔也会质疑活着的意义，

所有来自于书上和别人口中的意义，

都不曾说服过我。

但今天突然觉得，

大概人生最大的意义就是用余生去找到那些最爱吧。

看到这段话的时候，我有一种恍惚的感觉，我感觉说的就是我。我既没有什么特别想做的事情，也没有特别喜欢或者讨厌的人。我明明想谈恋爱，可是我没有喜欢的人。我明明害怕孤单，可我总是找不到能让我不孤单的人。有段时间，我四处聊天。我以为不停地说话会让我摆脱这份孤独，可是我却更加孤单。我问我自己，我从小就孤傲，我怎么变成这般不堪？

我从小就开始过住宿生活了，算算已经十年了。这个十年在我短暂的生命里，已经是无比漫长了，漫长到我都记不得了。

小学同学已经结婚了，初中同学我不记得了。高中同学联系的也没有几个了。大学同学就跟同一宿舍的玩得最熟悉。

我的朋友圈不算大，你会发现你的爱人会在你身边七个人里。

郑州还在下雨，灰暗的天空下着淅淅沥沥的雨，这样的天空总会给人一种压抑的感觉，苍穹挤满乌云，就像一张白净的纸上染上了黑墨水。给人一种冲击心房的压抑感。

昨天深夜同学问我："我最珍视的友情，怎么到别人眼里就变得一文不值了呢？我把她当作最好的朋友，可是怎么因为一个小事就跟我划清界限了呢？这到底为什么？"

我不知道说什么，感觉像是胸口堵了一团棉花，让我喘不过气来。我犹豫再三还是说了一句："这个世界上很多人都戴着面具，你总要付出一些代价去看清一些人，看清了，也就看轻了。"

也是昨天，我最好的朋友宣布今年年底结婚。昨天领的结婚证，照片上她的微笑似天边炸开的一朵红霞。

她曾经为了一段所谓的爱情，跑了几千公里，坐车到广东去寻找她的真命天子，谁知道那个男生见了她十分钟就回家了。

朋友心中失望万分，自己跑了几千公里的爱情，喜欢的男人见了自己十分钟就跑了。而且走了不到十分钟就发了一个信息："谢谢你来找我，我马上就要结婚了，你别来了。好好生活吧。"

朋友失魂落魄，她自己的爱情信仰瞬间崩塌了，从此以后很长一段时间，她没再谈过恋爱。看到她如今就要结婚了，我猜这个男生肯定是一个非常爱她的人。只有最炽热的心才可以解封最冰冻的心。祝她幸福。

今天早上突然想起一句话：能让你忘掉过去的人，就是你的未来。

（摘自"简书"，2018 年 4 月 13 日）

# 你们沉迷世界杯，我们却只想回到 90 年代

沈云娅

## "雄起"声渐不闻

当四年一次的世界杯变成"每逢佳节胖三斤"的佳节，伪球迷李小李有种捶胸顿足的难过。"那二年辰，四川的球 zuá 的好好嘛"，李小李说的是四川足球最拉风的时候。当时，甲 A 联赛是最火爆的体育赛事，在 90 年代的成都造就了万人空巷的奇观。

## 1995 年，"成都保卫战"

那个时候的四川球迷好疯狂嘛！1995 年，108 名球迷包下两架客机飞泰国，为川足征战"泰王杯"扎起。当年九月，为了运送 2754 名四川球迷去西

安，成都铁路局从车库里凑了 20 多节快报废的车厢，组成了一趟临时球迷专列，创造了中国足球历史上的首列球迷专列。

## 四川足球曾经叱咤风云

谁曾想二十多年后，中国足球已经成了一个老梗。曾经拥有一支让四川人都引以为傲的足球队，拥有最给力的球迷和足球文化的 90 年代，成了成都球迷们记忆里的美好时代。

## 90 年代的撩妹神器

那个时候李小李才七八岁，小屁孩哪看得懂啥子球嘛，只晓得跟到喊"雄起！雄起！"他老汉儿才是球迷。他老汉看比赛激动得黄喉差点拉豁的时候是李小李最开心的时候，老汉儿没空管，他才可以肆无忌惮地玩小霸王游戏机。如果比赛看高兴了，老汉儿晚上回去还让他摸一下大哥大。

一提大哥大，你们就应该晓得李小李是富二代。在异地交流还以写信这种传统方式来实现的 90 年代，"开着桑塔纳，打着大哥大"是当时成都大款的标配。那个时候有钱人不叫有钱人，叫大款，不知道是不是因为他们走哪儿都要带着这个一斤多重的玩意儿。

总之那个时候，大哥大是神话，BB 机才是努力可以实现的梦想。至于手机看剧、视频聊天、直播，这在当时哪儿敢想，简直是科幻剧里的剧情。当然，他们也不曾想到，有一天人和人之间的亲密情感竟然有被手机吞噬的危险。就像冯小刚拍《手机》时哪曾想将来有可能会给自己甚至整个娱乐圈带来颠覆性的打击。

# 一机在手，天下我有

大哥大是大款的装×神器，小朋友们的阶层则以有没有"小霸王"来划分。"你拍一我拍一，小霸王出了学习机"，当年李小李的大款老汉儿给他买"小霸王"是为了让他练习打字的，就是屏幕上飘下来字母，你可以在键盘上打出来的那种。

## 曾经最热爱的画面

对于李小李来说，小霸王实实在在是个游戏机。"俄罗斯方块"、"魂斗罗"、"超级玛丽"……哪款游戏他没打过？现在那些小屁孩耍"王者农药""吃鸡"，李小李一点也不屑，毕竟他也算是游戏界的泰斗，当初还差点被他妈以戒"魔兽"、戒网瘾的名义送到特殊学校去。

## 同学之间经常互相传阅的歌词本

和耍游戏的男孩子相比，那个时候的女孩子们最喜欢的事情大概就是抄歌词吧。《再回首》《同桌的你》《特别的爱给特别的你》《新鸳鸯蝴蝶梦》，80后、90后，敢说你们没抄过？尤其是港台武侠剧的歌词，还得配剧照贴纸。

对了，那个时候还流行送明信片。钟楚红、温碧霞、王祖贤、朱茵、杨钰莹、小虎队、刘德华、黎明、郭富城，印有这些90年代最红的明星照片的明信片经常被送来送去。一直到2000年之后都还有送明信片的风气，不过那时候大家都送SHE、还珠格格她们了。那个时候的明信片并不像现在只是寄给外地朋友，就算同桌都会互相送。

## 90 年代中期，港台明星成了青年的新偶像

耍"小霸王"、送明信片，围着百花潭公园的假山瀑布嗨到爆只是小屁孩的日常，90 年代超哥超姐们的时髦聚集地是旱冰场、录像厅和台球室。那个时候没有 Space、没有二麻，九眼桥还是卖自行车的地方，一点也不激情。那个时候，玉林还叫玉林村，不管是玉林南路还是西路都是天天有拖拉机开来开去的机耕道。值得一提的是，1997 年，小酒馆在玉林诞生。

潮人、网红恨不得每天都去打卡的太古里在 90 年代可不是什么稀奇地方。那时候，住在大慈寺的娃儿羡慕住在春熙路的街娃儿。春熙路才是当时的市中心，大慈寺还隔着有七八百米远呢。当时代表成都最繁华商区、时尚潮流地标的是青年路，只有超哥超姐才配逛青年路。

## 青年路长不过 300 余米，宽仅 10 余米

墨镜和摩丝是超哥超姐们出门的造型神器，后来摩丝的地位又被发胶取代了。不晓得那种被弄成七八层楼高的姆姆头，学名"翻翘"是不是那个时候开始流行的。男的穿梦特娇、花花公子的衬衣搭配西裤，腰杆上别个 BB 机。女人们的格子长裙、碎花裙放到今天也不过时。

土生土长的成都人罗明义拿起相机记录了 90 年代成都青年路上的各种时尚潮人。在他的镜头下，那些身穿皮衣、佩戴墨镜的男人，以及头发因使用过多发胶而成缕状的女人，都代表了改革开放后的"富人"典型。因为刚刚改革开放，不少人放弃铁饭碗，下海经商。"人们在物质上得到满足，突然有了钱，很多人开始变得潮起来。那个年代，人们刚刚可以吃饱穿暖，希望通过一种外观来显示自己的身份或是对时尚的追求，让自己在人群中与众不同"，罗明义说。

## 90 年代的时尚潮人

那时候，九龙广场刚修好，商铺卖不出去，到处发传单，几万块钱一个铺子就是没人看得起。哪料到，后来潮流地标就由青年路变成了九龙、泰华、新中兴。而且，成都房价在 90 年代末基本上都在 1000 元上下。是不是感觉错过了好多发家致富成为大款的机会？90 年代，哪曾想人们今天会为了房子疯狂。

追求穿衣打扮的同时，在吃方面天赋异禀的成都人也开始追求新花样。那时候，富二代李小李时不时跟着妈老汉去西南书城对面的"耀华"吃一顿西餐，这都够他跟同学显摆大半个学期。

新南门附近的热盆景火锅也是人气好到爆。老南门大桥桥头有个餐馆也非常有名，每年要从河里打捞起几十框盘子碎片，因为那时候是吃完数盘子给钱。

## 自带年代感的"天下秀"

那个时候有一款饮料叫"天下秀"，玻璃瓶瓶装的"天下秀"一块钱一瓶，在当时也算是蛮贵的饮料了，女人、娃儿些馋这个饮料得很。那时候耍朋友，男的给女的买瓶"天下秀"，就跟今天约到喝"星巴克"一样。娃娃些就比较惨了，想喝可以，妈老汉要提要求："考到双百分，奖励两瓶。"只有家境殷实的李小李，他爸每次都给他一箱一箱地买。

娃儿们喜欢喝"天下秀"还有一个理由是喝完可以把盖盖拿来锤平了耍。那个时候，娃儿们炫富的方式是看哪个兜兜头的盖盖多。

## 一款完全不存在年龄代沟的饮料

老一辈人熟悉的"天下秀"豆奶其实就是"唯怡"的前身，但"唯怡"可以说是青出于蓝而胜于蓝，经过二十多年的发展成为了坚果饮品里的佼佼者。更难能可贵的是，28岁的"唯怡"是一款完全没有年龄代沟的饮料，80后、90后、00后、10后吃烧烤、吃火锅、吃串串儿、吃面、吃肥肠粉儿的时候都会习惯性地喊："老板儿，再来瓶唯怡！"据说四川人每年喝掉的"唯怡"可以填满八个府南河。

不管是大人还是小孩，关于90年代的回忆温暖又真实。那是迎来一切美好开始的年代，我们满怀希望和信心以90年代为起点，奔向更美好的未来。我们也曾在90年代迎来让我们兴奋的一切。那个时候流行音乐兴起，那个年代有梦想的年轻人下海经商，物质生活开始蠢蠢欲动，那个年代自行车飞驰在蜀都大道上，后边带着喜欢的姑娘……

## 当时的成都高楼大厦并不多

当时间真正过去之后，我们才发现它带走的不仅仅是光阴，也把我们很多东西都带走了。蓦然回首，最美好的都留到了那个时候。

（摘自微信公众号"好好吃饭"，2018年6月20日）

# 历史的见证

杨肇林

　　1997 年 7 月 1 日，亿万华夏子孙翘首以盼的日子终于来临了，号称"日不落帝国"的米字旗在香港落下；中华人民共和国的国旗高高升起，伴随着它的还有灵飞生动的紫荆花旗。然而，这一天的来临，却历经了无数不平静的日日夜夜。

　　1978 年，柯华出任驻英国大使，女王派遣羽饰金盔的武士，驾着宝马雕鞍迎接他到白金汉宫。这是晚清驻英使节所无法想象的。

　　香港给英国带来巨大利益，由于中国政府审时度势，对香港采取"长期利用，维持现状"的方针，才得以维系至今。这时，收回香港和澳门的问题已经提到党中央和国务院的工作日程上。作为驻英使节，柯华有责任了解英国朝野对于香港问题的动向，提供国内决策参考。英国认作"合法"依据的《江宁条约》（即《中英南京条约》）、《中英续增条约》，特别是《展拓香港界址专条》"以九十九年为限期"到 1997 年期满，英国不得不为自己的利益忧虑了。英国有人写过一本关于香港的书《借来的地方与时间》，意识到"借来"的总要在限定的时间里予以归还。1979 年 3 月，香港总督麦理浩访问北京，要求允许港英政府批出超越 1997 年 6 月 30 日的土地契约，实质上是想长期维持英国的管治。该要求遭到中共中央副主席、国务院副总理邓小平的严词拒绝。

柯华十分关注英国下院于 1979 年 6 月 13 日就麦理浩访问中国进行的辩论，英国外交大臣的发言显示了当时英国政府的态度：香港并非时代的错误产品，麦理浩北京之行并不意味着英国想通过谈判解决香港问题。

7 月 5 日，英国向中国递交了《关于香港新界土地契约的问题的备忘录》，并说中国可以不作答复。同样也是想让中国默认英国取消"新界"管治权的期限。中国政府以毫不含糊的言辞作出答复："奉劝英方不要采取所建议的行动。"

1982 年夏，柯华奉命回国述职。返英后，他和大使馆的同事们遵照中共中央港澳小组领导人兼国务院港澳办公室主任廖承志的指示，广泛接触英国各界人士。

在英国，有许多中国的老朋友，像前首相麦克米伦、希思、卡拉汉、前津巴布韦总督索姆士勋爵（丘吉尔的女婿），怡和洋行董事长亨利·凯瑟克、太古洋行董事长斯威尔兄弟、英之杰公司董事坦劳勋爵和一些政府部长、议员以及颇有影响的《卫报周刊》、英国广播公司评论员等，他们中的许多人都表示英国不应该坚持三项条约，应该无条件把香港归还中国，也没有理由要求继续参加香港的管理；但也有人主张在归还主权后，中国和英国共管一段时间，或"托管"一个时期；还有人怀疑中国能否管好香港，尤其担心我国将在香港推行社会主义制度。柯华和使馆的同事们利用各种场合，阐明中国政府将收回香港，实行"一国两制、港人治港"，保持香港的繁荣、稳定等邓小平同志的构想和基本国策，赢得了许多友好人士的理解和赞成。

但是，和英国人商谈香港问题，实非易事。

1982 年 7 月 24 日，柯华在伦敦同当时的香港总督尤德和前任总督麦理浩进行讨论。在长达两个多小时的讨论中，尤德和麦理浩坚持英国政府的立场：交回主权，但由英国继续管理。柯华据理强调：主权和管理权不可分，中国将同时恢复行使主权和管理权。双方争执不下。

尤德和麦理浩最后问道："这样争论下去达不到一致怎么办？"

柯华轻轻地笑笑说："这也好办嘛，你们不是刚刚出兵马尔维纳斯群岛了吗？那里距英国本土九千多海里，中途无法补给，飞机只能空中加油，而且，大西洋气候恶劣，但你们还是去了。而香港距离伦敦只有八千多海里，沿途有许多补给、加油的地方，太平洋西岸的气候又很好，你们也可以采取对付马尔维纳斯群岛的办法嘛！"

尤德和麦理浩沉默了一会儿，异口同声说："那当然是不可能的。用对付福克兰群岛和直布罗陀的办法对付中国是不行的。"

1982 年 9 月 22 日，英国首相撒切尔夫人终于来到北京访问。

柯华在和撒切尔夫人接触中，感到她是一位有主见、有魄力、很果断、个性很刚强的政治家。

9 月 24 日，撒切尔夫人步入人民大会堂福建厅，与被毛泽东主席誉为"钢铁公司"的邓小平相晤。柯华目睹他们为解开两个国家间百多年来的"死扣"，围绕中国固有领土香港的前途展开交锋，谈笑风生，却挟着电闪雷鸣；轻言慢语，却无不字字千斤；唇枪舌剑，针锋相对，又处处峰回路转，暗含转机。

撒切尔夫人对中英友好做了不少有益的工作，但是在香港问题上，她坚持英国政府的立场。她在会谈中强调"三项条约"是"有法律依据的"，甚至断言"如果中国政府宣布收回香港，将会带来灾难性的影响"。对此，邓小平同志斩钉截铁地回答说："主权问题不是一个可以讨论的问题……中国要收回的不仅是新界，而且包括香港岛、九龙。中国和英国就是在这个前提下来进行谈判，商讨解决香港问题的方式和办法……不迟于一两年的时间，中国就要正式宣布收回香港这个决策。""如果说宣布收回香港就会像夫人说的'带来灾难性的影响'，那我们要勇敢地面对这个灾难，做出决策。"并说，如果"香港发生严重波动……中国政府将被迫不得不对收回的时间和方式另作考虑。""希望从夫人这次访问开始……通过外交途径进行很好的磋商，讨论如何避免这种灾难。"

撒切尔夫人最后表示："希望不要把今天会谈的内容传出去。"并建议共同对外宣布会谈是坦率的、友好的。

邓小平表示："完全赞同你的意见。"

双方同意通过外交途径磋商香港问题。

中国政府为谋求政治解决的第一阶段的努力，达到了预期目的，为以后谈判奠定了基础。

撒切尔夫人在会后回答记者提问时仍然说："管理香港的条约，至今仍为国际法所公认……英国将以条约处理香港问题。"

9月26日，柯华送撒切尔夫人从广州转去香港，记者拦住柯华提问。

香港记者问道：中英双方在香港问题上有分歧，是不是？

柯华回答：我们进行了友好会谈，大家阐明了自己的观点。

记者又问道：据说会谈触礁了？

柯华回答说：不，是有益的、友好的。

记者进一步提问：是不是中国方面一直强调主权问题，而英国又不肯让步？

柯华提高声音回答说：中国在主权方面的立场，你们应该是知道的，很明确嘛！

记者又问：英国方面态度如何？

柯华回答说：英国方面也说明了他们的一些观点。

香港的报纸及时报道了上述问答。

从撒切尔夫人同邓小平会谈后，经过两年零三个月的艰苦谈判，1984年12月19日撒切尔夫人再次来到北京，同中国政府签订《中英关于香港问题的联合声明》。

在一一叙述这些后，柯华还说："在此之前，9月26日草签《联合声明》的当天，英国政府曾发表白皮书说：'要更改这份协议是没有可能的。如不接受这份协议，就会没有任何协议。'话虽如此，几年来，中英关系围绕着香港问题还是发生了不少麻烦。其实，这种麻烦是在预料之中的。邓小平在1982年就已对撒切尔夫人说：担心过渡时期'会出现很大的混乱，而且这些混乱是人为的。这当中不光有外国人，也有中国人，而主要的是英国人'。几年来，中英在香港问题上的争执，不也就是英国人制造的一些'混乱'吗？"

柯华继续说："当然，有些问题两国谈判不可能没有不同意见，这是不足为怪的，也可以说是正常的。但是，许多麻烦的发生，不能不说是英国人出于英国的政治立场和经济利益而发生的。这里，我想还可以从历史上找到一些根由。记得1957年我陪同聂荣臻副总理参加加纳独立庆典时，亲耳听到英国驻加纳总督克拉克在加纳议会开幕式上致辞时竟然大言不惭地说：'我自以能身为一个大不列颠王国的殖民主义者而感到骄傲。'这种话在我们这些饱受殖民主义之苦的人民听来，简直荒唐至极！但在克拉克看来却是天经地义的。记得英国政府机构中原设有殖民部，管理其40多个殖民地，1966年合并于联邦部，1968年又合并于外交部。我们不难想见英国某些人士的思想观念还承袭了两个世纪以来的殖民思想和殖民政策的残余，这就自然而然会产生上面所说的麻烦了。"

"沉舟侧畔千帆过，病树前头万木春"，人们应该记住这个有益的警示！

（摘自《读者》1997年第9期）

# 澳门回归记

佚 名

澳门的中文名称"澳门",与葡萄牙文名称"MACAU"(英文MACAO)各有不同来源。首先,就中文名称而言,澳门古称濠镜、濠镜澳或香山澳、濠江、镜湖等,最后因为澳之南北有两山对峙,形状如澳之门,所以有"澳门"之称,其他名称则逐渐弃而不用。

澳门原属广东省香山县。明嘉靖三十二年(1553年),葡萄牙殖民者强行上岸租占。鸦片战争后,清光绪十三年(1887年),葡萄牙强占之为殖民地。

1987年4月,中葡两国签署的《中葡联合声明》规定,中华人民共和国将于1999年12月20日起恢复行使对澳门的主权,并设立澳门特别行政区。

## 近代收回澳门的呼声

近代以来，收回澳门的声音不绝于耳。1868 年，清朝总理各国事务大臣恭亲王奕訢上奏同治皇帝，建议用钱收购被葡人强占去的澳门。但此建议胎死腹中，未正式向葡萄牙提出。

1909 年中葡开展澳门界址的谈判，粤东各界主张乘机收回澳门。

1922 年 5 月 28 日，因葡兵侮辱一名中国妇女而引发轰动一时的澳门"五二九"工运，澳葡政府用机枪扫射手无寸铁、静坐抗议的居民，实行军事戒严。全国各界联合会致电广州政府呼吁收回澳门。

1945 年 8 月 15 日，日本宣布无条件投降。8 月 31 日，国民党政府外交部欧洲司拟订方案提出收回澳门。广东、澳门的中国同胞都希望迅速收回澳门，但因各种因素而没有达成。

## 新中国确立对港澳"长期打算，充分利用"的外交方针

1949 年 10 月 1 日中华人民共和国成立后百废待兴，加上美国的封锁，以毛泽东为核心的新中国领导人，对港澳定下"长期打算，充分利用"的方针，暂时不急于收回港澳，以保持两个中立的港口。同时又公开表明香港、澳门是中国领土，中国不承认外国强加给中国的一切不平等条约，声明将于适当时候通过谈判解决这一历史遗留问题的严正立场。

中华人民共和国成立当天，政务院总理兼外交部长周恩来致函各国驻华使馆，表示新中国愿与世界各国建立外交关系，并附上毛泽东主席致各国政府的信件，请使节代为转交。葡萄牙驻华公使邓赛嘉收信后，除将信件转交里斯本政府外，于 9 日复信周恩来，称葡萄牙政府"愿意在未来维持和发展中葡人民一直存在的关系"，希望中国能与葡萄牙领事馆建立非正式关系。

由于葡国加入西方阵营对中国进行军事封锁，也不承认新中国的地位，因此在较长一段时间内中葡关系处于低潮。

五六十年代澳葡继续推行"殖民"政策，1963年3月8日《人民日报》社论中再次公开明确阐明对港澳问题的立场：我国政府在中华人民共和国成立时就宣布"还有历史遗留下来悬而未决的问题，我们一贯主张，在条件成熟的时候，经过谈判和平解决，在未解决前维持现状，例如香港、九龙、澳门问题……"

1972年3月8日，恢复联合国席位不到半年的中华人民共和国政府致函联合国非殖民化特别委员会，重申："香港、澳门属于历史遗留下来的帝国主义强加于中国的一系列不平等条约的结果。香港、澳门是被英国和葡萄牙当局占领的中国领土的一部分，解决香港、澳门问题完全属于中国主权范围内的问题，根本不属于通常的所谓'非殖民化'的范畴。"

1974年4月25日，葡国发生军事政变，建立民主政制，但将澳门视为特殊地区。

1975年1月6日，葡萄牙外交部发表公告，声明中华人民共和国是中国人民唯一的合法代表，台湾是中国的一部分。1979年2月8日中葡两国正式建立大使级外交关系。外交公报没有提及澳门，但中葡两国政府在澳门问题上达成了谅解。葡萄牙明确宣布，承认澳门是中国领土，在适当时候通过谈判，把澳门交还中国。

## 中葡谈判解决澳门问题

中英于1984年12月20日正式签署《中英联合声明》，中国自1997年7月1日起收回香港主权，在香港实行"一国两制、港人治港、高度自治"的政策。

1984年10月3日，中共中央顾问委员会主任邓小平接见港澳同胞国庆观礼团全体成员，首次提出"澳门问题将会像香港一样"，用"一国两制"方针解决。

1985 年 5 月下旬，葡萄牙总统埃亚内斯访问中国，两国领导人就解决澳门问题进行磋商，同意通过外交途径就解决澳门问题举行谈判。

1986 年 5 月 30 日，中葡两国政府发表新闻公报，决定于 6 月最后一周在北京开始澳门问题的会谈。中方代表团团长为外交部副部长周南，葡方代表团团长为驻联合国常任代表麦端纳。

首轮关于澳门前途的外交谈判于 1986 年 6 月 30 日至 7 月 1 日在北京举行，双方商定了会谈的议程和工作方法，并就一些实质性问题交换意见。

1986 年 6 月 30 日至 7 月 1 日，中葡举行第一轮谈判。同年 9 月和 10 月在北京举行的第二、第三轮谈判，双方在交还日期和澳门居民国籍问题上坚持各自的立场，谈判进展不大。

同年 11 月 17 日，中国外交部副部长周南应邀访问葡萄牙，继续就澳门问题与葡萄牙当局交换意见，并且在离开里斯本之际对记者发表谈话，强调 20 世纪末完成港澳回归祖国大业，是亿万中国人民的意愿，也是中国政府的决心。

面对中国政府的坚决态度，葡萄牙政府计划 2000 年以后才将澳门交还中国的立场有所改变。1987 年 1 月 6 日，葡萄牙总统召集国务委员会检讨中葡谈判的进展，并于 16 日决定在 2000 年前将澳门交还中国。1 月 20 日，葡萄牙外交暨国务秘书阿·苏亚雷斯访问北京，转达葡萄牙国务委员会讨论澳门主权移交年期的结果，并与周南商讨葡总理席尔瓦访华签署《中葡联合声明》的细节。中国方面在国籍问题上，也考虑澳门的历史背景和现实情况，做出弹性处理，允许中国公民继续使用葡萄牙护照作为旅行证件。

1987 年 3 月 18 日，中葡开始第四轮谈判，并决定"《中华人民共和国政府与葡萄牙共和国政府关于澳门问题的联合声明》将由中葡两国政府代表团团长于 1987 年 3 月 26 日在北京草签"。

4 月 13 日，葡萄牙政府总理席尔瓦应邀访华，在北京人民大会堂与中国国务院总理赵紫阳签订了《中葡联合声明》。在签字仪式上，中葡两国领导人都盛赞圆满解决了澳门问题。

《中葡联合声明》表明，中华人民共和国自 1999 年 12 月 20 日恢复对澳门行使主权。澳门亦将在此日开始回到祖国母亲的怀抱。

1988 年 4 月，中国在与葡萄牙签订联合声明后，成立"澳门基本法起草委员会"（简称草委会），负责制订《澳门基本法》。草委会成员 40 人，分别来自中国大陆及澳门。同年底，草委会展开咨询工作，并于 1989 年 5 月 28 日宣布成立澳门基本法咨询委员会，成员 90 人，由澳门当地居民组成。

1993 年 1 月 13 日，草委会通过最后修订的《基本法》。

1993 年 3 月 31 日，第八届全国人民代表大会第一次会议通过了《澳门特区基本法》，将自 1999 年 12 月 20 日起实施。会议也通过澳门特区区旗和区徽。

1998 年 5 月 5 日，澳门特区筹备委员会（简称筹委会）正式成立，负责筹组特区政府，包括第一届政府、立法会和司法机关。

1998 年 11 月 7 日，筹委会通过了《澳门特区第一届政府推选委员会具体产生办法》，推选会由 200 人组成，将负责选出澳门特区第一届行政长官。

1998 年 9 月 19 日，中国正式对外宣布接管澳门后将派遣军队驻守澳门。

1999 年 5 月 15 日，在澳门特区第一届政府推选委员会第三次全体会议上，何厚铧被推选为特区第一任行政长官人选。

（摘自《读者》1999 年第 12 期）

# 筑起的，不仅仅是一座大坝……

王慧敏

当小浪底水利枢纽工程龙口合龙时，担负石料最后抛入任务的司机师傅在龙口北岸挂起的一面鲜艳的五星红旗下，激动地高声欢呼。

## "小联合国"

小浪底工程引人注目之处是，尝试与国际工程管理的全方位接轨。

工程引进了 11.09 亿美元的国际贷款，按照世行规定，必须进行国际招标。经过激烈的竞争，以意大利英波吉罗公司为责任方的联营体中标大坝工程（Ⅰ标），以德国旭普林公司为责任方的联营体中标泄洪工程（Ⅱ标），以法国杜美兹公司为责任方的联营体中标发电设施工程（Ⅲ标）。

这些公司中标后，又将各自的部分工程以工程分包或劳务分包的形式分包给其他外国公司和中国公司。如此，在小浪底形成了错综复杂的生产关系。工地上，共有 51 个国家的七百多名外商和上万名中国建设者参加进来，形成了名副其实的"小联合国"。

如此多的国家参加同一工程的建设，这在世界建筑史上也罕见。大家同台竞技，展现各自风采，这便使得小浪底拥有了与国内其他任何工程所不同的特点。

外商众多，在管理形式上也形形色色：有中—外—中，中—外—外，也有中—外—外—中……你牵着我，我联着你，错综复杂。

就拿中—外—中这种关系来说，它像一块夹心饼干，两头是中国人，中间是外商。在上层是由中方业主、监理单位组成的管理和监督机构，对工程的重大问题行使决策权。中间层是以外商为主的承包商，他们依合同组织施工，是施工的责任方。而基层是由中方组成的分包商，他们或从老外那里成块分包工程，或单纯为外商提供劳务。这样，在施工管理结构中，就表现为处在上层的中方机构按合同约束和监督外商履行义务，而外商又以施工责任方的身份来约束和管理在基层的中国劳务或分包商。这就意味着中方与中方之间没有合同关系，从而在经济上没有直接联系，中方的意图要通过外商才能贯彻下去。

国别不同，各自的价值观念、文化背景、生活习惯、管理模式差异迥然。这一切，都给工程的管理带来了极大的困难。

我们能否适应这种复杂的环境？在同外商的同场竞技中，中国人到底能得多少分？世人用极大的兴趣关注着……

## 索赔效应

1994 年 9 月 12 日，小浪底主体工程开工。中国工人面对的，是陌生的一切。

这里，没有说了就算的领导，也没有绝对的权威。大家都必须遵循的惟一准则就是合同——国际通用的菲迪克条款。于是，便发生了一系列让中国工人心绪难平的故事。

——一名中国工人在施工中掉了4颗钉子，外方管理人员马上派人拍照。不久，中方收到了这样一封信函：浪费材料，索赔28万元。

28万元？能买多少钉子！外方是这样计算的：一个工作面掉了4颗钉子，1万个工作面就是4万颗。钉子从买回到投放于施工中，经历了运输、储存、管理等11个环节，成本便翻了32倍。

——合同规定，施工现场必须干净有序。某工程局导流洞开挖时收到一封外方信函："施工现场有积水和淤泥，根据合同××条款规定，限期清理干净，否则我方将派人前来清理，费用由你方支付。"起初，中方颇不以为然：洞子开挖，能没积水和淤泥？过了两天，外商派来了90名劳务前来帮助清理。当然，外方是不会白干的，各种费用一算，共计200万元。

在小浪底，最难堪的应属某隧道局了，三千多人，辛辛苦苦干了九个多月，得到的报偿是，被外方索赔5700多万元。而他们的全部劳务费用只有5400万元。也就是说，他们这九个月分文未挣还倒贴了300万元。

在小浪底，没有哪个施工单位没收到过索赔信函。几年来，中方收到的各种索赔信函达二千多份，摞起来有一人多高。

起初，中国工人想不通，有人甚至跑到外商营地抗议。

然而，不管你想通想不通，低报价，高索赔，这是国际惯例！你要想同国际接轨，就必须按国际惯例办事。作为一个面向世界的民族，心理上应该是强健的，应该具有海纳百川般的宽容与大气。

水利部领导和小浪底建管局领导及时告诫施工单位，索赔是一种正常的商业行为，我们要调整情绪，适应国际惯例。

索赔的权利是对等的：承包商享有，分包商、业主同样享有。可以说，索赔能否成立与索赔量的大小，是衡量业主、承包商经营管理水平的一个尺度。

水电第六工程局小浪底工程项目部副经理王瑞林回忆起这段经历，感慨万端：刚开始遇到索赔，我们茫然不知所措。后来我们一方面加强管理，不给外方索赔的机会，另一方面也瞅准外方的薄弱环节，主动出击——向外方索赔。慢慢地，外方的索赔函越来越少。到后来，Ⅲ标的外方经理杜邦主动找到我说："以后没有特殊情况，我方不向你方提出索赔，你方也不要向我方提出索赔。"

索赔，让我们付出昂贵的学费，那么带来什么样的结果呢？

许多外商在小浪底学到的第一句中国话就是"马马虎虎"。可见"马马虎虎"是一些人身上的一种"通病"。几年下来，在小浪底，这种"通病"渐渐不见了。

中外双方合作开挖排水洞，外方负责钻爆，中方负责除渣。尽管合同对钻爆和除渣所用时间都有一定的要求，但中方总是慢半拍。月底一算账，当月中方每人只得了30元钱。第二个月，曾经慢半拍的中国工人，个个像上足劲的发条。

一位干了几十年的"老水电"告诉记者，在老外手下干有一种如履薄冰之感：多用了材料，外商会不会索赔？完不成定额，外商会不会索赔？逼着你把每天的工作做好。小浪底建管局一位领导同志说："我敢这样打保票，从小浪底出去的工人，今后在国内将会更有竞争力。"

在小浪底，如果问我们和外商的差距在哪里？得到的回答如出一辙：管理！

管理是一个老生常谈的话题。记者曾请教过一位先后在鲁布革、小浪底工作过的"老水电"：为什么在鲁布革暴露出的问题是管理，小浪底还是？这位"老水电"回答："因为我们缺乏认真的态度和细致的精神。"再追问下去，为什么会缺乏认真的态度和细致的精神？经过小浪底锻炼的工人最有体会，那是因为我们缺乏一种机制：一种奖优罚劣、奖勤罚懒的机制。

不能奖优罚劣、奖勤罚懒，不能给贡献大的人以重奖，依然没有真正打破"大锅饭"。不能从真正意义上打破"大锅饭","马虎病"就永远不会消除,我们的管理水平也只能永远在原地打转。

小浪底让我们学到了什么?

谈起外商的工作效率,水电十四局小浪底项目部经理吴云红连连称赞:外商为了提高工作效率,真算是绞尽了脑汁。譬如打钻,什么时候开钻,几分几秒钻了多深,几分几秒提钻,人家都有详细的记录。回去后会认真总结,怎样将时间缩到最短。洞身喷砼用了多少料,喷了多大面积,是节约了,还是浪费了,当天他们就会用电脑进行细致的分析,随时调整,真正做到了多快好省。而我们呢,在施工中既没有日报表制度,也没有认真核算,要多少材料给多少,活干完了,亏了,亏在哪里?不清楚。

水电三局小浪底项目部经理王新友感受最深的是外商的质量意识:一般在仓号浇筑前,经过自检,监理检验签字后,就可浇筑,但外商却要亲自检验,哪怕有一丁点不符合要求,他都会让你重干。有时要反复好几次才能拿上验仓合格证。外商那股认真劲儿,有时真让我们感到不可理喻:我们局在3号导流洞开挖施工中碰到了断层带,按照外商的施工规定,开挖 2 米就必须支护,有一位姓刘的职工,接班时看岩石结构比较好,接连干了十几米,再回头支护。虽然他超额完成施工任务,但等待他的是:开除。

"在小浪底,我们学会了资产经营。"OTFF 董事长黎汉皋喜形于色地告诉记者,"以前我们的施工,基本上停留在生产经营阶段,不算投入产出账。施工中碰到超预算,就向业主诉苦。挖一方土 28 元赔了,一诉苦,就会改成 30 元。又超预算了,再跑去诉苦,就会涨成 35 元一方。现在不行了,签了合同就不能更改,一方土 28 元就是 28 元,亏,也得干。逼着你去节约成本,学会资产经营。"

"小浪底",留给我们学习的很多,留给我们思索的,可能更多……

(摘自《读者》1998 年第 4 期)

# 堵决口的将军和士兵

汪守德

8月12日下午，灼热而刺目的太阳光把疯狂了的长江水照出一派无边而可憎的金黄，浊浪充满阴谋和杀机地舔着江岸，壮阔无比地向下游奔腾而去。我们数人从九江34号闸口，穿起救生衣，乘上冲锋舟，向发生大决口的4—5号闸劈波斩浪地逆流而上。

狂泻的江水猛兽般肆意捉弄我们的冲锋舟，像是随时可能把它如同一片轻飘的树叶一样轻而易举地撕碎。而此时的我们却并没有半点恐惧，只有一种激情和急切充满心间，那就是想尽早看到那个举世关注的伟大场面，看到正在舍生忘死封堵大决口的数千名官兵，看到我曾经代过职的某集团军的我的老军长，现任南京军区副司令员的董万瑞中将。

如果不是肩上闪耀的将星，我几乎认不出他来了。强烈的紫外线长时间照射，不仅使他瘦削的脸庞同大堤上奋战的成千上万的官兵一样的黑，而且在鼻梁和面部的其他地方还被晒脱了一层皮，泛出了对比强烈的肉红色。但他疲惫却依然炯炯有神的目光，嘶哑却依然铿锵有力的话语，仍然透出我军高级指挥员坚毅果决、撼人心魄的非凡气度。

这位曾经指挥过"成功五号"和"联合96"演习、威震台海的将军，是8月8日下午带人乘战备值班直升机紧急飞临九江抗洪一线的。

与那些经过精心准备的大演习相比，这次他指挥的是另一种突如其来的恶仗，这对将军和他的士兵都是一次前所未有的考验和挑战。无比凶猛的江水从60多米宽的决口夺路而出，那股蛮力竟把人们企图用来堵口的数百吨重的水泥船坞，像利箭一样从缺口处射过，撞塌堤外一片厂房。若不迅速扼住这滔滔洪水的喉咙，美丽的九江城就将很快成为一个水下世界。

将军忧心如焚，他在装满矿石和煤炭的驳船上来回巡查，亲临每一个急难险重的位置进行具体指挥。驳船上没有任何可以遮阳，40多摄氏度的高温使这个56岁的，大堤上最年长、军阶最高的老军人不知多少次湿透了军衣。

整整三天的70多个小时里，他没合过一次眼，只吃过一个包子和一碗面条，危急的形势和山一般重的责任，使他吃不下睡不着，生命的热能仿佛是在一种极限状态下燃烧着。

一艘被征用来的民船船主，看到这个挂着中将牌牌的老头在如此艰苦的条件下指挥抗洪，便将船上唯一的带空调的船舱腾出来，让将军休息。然而爱兵如子的将军却命令将这个带空调的船舱，作为在大堤上因抢险中暑而病倒的官兵抢救和休息的场所，他自己却攀着陡峭的阶梯爬上没有任何遮阳设施的船顶平台，顶着烈日继续指挥。那座晴天朗日下的船顶平台犹如一面旗帜，高高耸立在参战官兵的心中。

时针指向下午六时许，围堰终于完全合龙。大堤上的官兵们山呼海啸般地欢呼着，庆祝着这个艰难而伟大的胜利，抑制不住的喜悦使大堤上每一个黝黑而疲惫的脸上都透射出比晚霞还要灿烂的光彩。

从合龙口下来的将军，终于可以坐在甲板上，端起船主煮好的面条，一边舒心地吃着，一边接受我们的采访。我发现他所有的谈话都是关于他的兵的，说起他们来，他是那样的动情：

我们的兵真是可爱呀！扛沙袋总是拼命地跑。这么热的天，很多兵中暑了，输液后拔掉针头又冲上去了。大堤上出了多少好人好事我说不清，太多了。你们都看见了，他们很苦很累，但没有一个熊包。

这说明什么？说明我们的部队过得硬，能打仗，说明90年代的兵同样能吃苦，同样能奉献。

朱镕基总理代表党中央、国务院和江主席来看望部队，视察大堤，对战斗中的部队是个巨大鼓舞。总理讲话后，我喊同志们有没有决心堵住决口，守住大堤，几千名官兵齐声高喊有，那吼声真是排山倒海，气壮山河。我看见总理都掉泪了。

那个香港凤凰卫视台的主持人吴小莉来采访，我随便给她讲了两个故事，她就泪汪汪的。为什么？我们的官兵表现的确太感人了。我对她说，香港同胞不是认为驻港部队都是经过挑选的吗？你可以看一看，我们这里的士兵哪一个不是同样很优秀？

作为将军，对于自己士兵的那份自豪和喜爱真可谓发自肺腑，这份喜爱之情又溢于言表。

说着，将军的语调更加激昂起来。他说，中央和军委领导不断地把电话打到大堤上来，非常关心这里的情况呀！国家的利益、人民的利益高于一切，作为军人，我们别无选择，必须死保死守长江大堤，没二话可说。

在将军斩钉截铁、掷地有声的谈话中，我不禁久久地凝视着将军肩上墨绿底色衬托的那两颗夺目的金星，我像是忽然之间才重新认识了它们。它绝不仅仅是军阶的标识，更不是令人羡慕的装饰，它有着千钧之重，特别是在灾难乃至战争降临我们的国家和我们的民族头上的时候，它是可以倚重的长城，有一种无法掂出的分量。

我们没有能够同将军告别，他太忙了。凶恶的江水还在一浪高过一浪地撞击着九江城防大堤。刚撂下饭碗的他，几乎来不及喘口气，又要赶往江西省防汛指挥中心参加紧急会议，更加艰苦的任务还在等着他。来接他的小艇远去了，夜幕中，他黑瘦的身影在滔天的洪水中显得异常高大。

（摘自 1998 年 9 月 22 日《解放军报》）

**附记：**

据《解放军报》记者 2017 年 2 月 10 日报道：原南京军区副司令员、第 31 集团军军长、1998 年长江抗洪前线总指挥董万瑞将军于 2017 年 2 月 9 日晚，因病医治无效，不幸逝世。享年 75 岁。

1998 年他泪送抗洪战士，今天我们泪别老将军，一路走好！

# 中国"863 计划"诞生记

马晓丽

1983 年 3 月 23 日。

美国，白宫。

里根总统坐在椭圆形办公室中，对着摄像机沉默的镜头。

几分钟后，他将要发表一个对全世界产生重大影响的电视讲话。

这位美国历史上年纪最大的总统，是凭借 70 年代到 80 年代初美国的国际地位空前低落的政治背景，高喊着"重振国威"和"重整军备"的口号上台的。上台以后，他一直在寻求一种能扭转军事力量对比中对美不利的趋势，重获对苏军事优势的有效方法。眼下，总统有充分的理由相信，自己已经找到了走出代达罗斯迷宫的道路。他正准备以一种造成轰动效应的方式，把自己的计划公布于世。

时间到了。总统的微笑出现在电视屏幕上。曾经是美国中西部最著名的体育节目播音员的总统，声音依然动听：

……由于核武器令人生畏的破坏力，我们必须谋求另外一种遏止战争发生的手段。……我宣布，我已决定为实现这个目标迈出重要的第一步，下令制订一个全面深入的研究计划——战略防御计划，这个计划的目的在于最终消除由携带核弹头的弹道导弹所造成的威胁……

让我同大家一起来设想一个带来希望的未来，那就是制订一项计划，用防御性的手段来对抗令人生畏的苏联导弹的威胁。让我们求助于技术的这样一种力量：它曾萌生了我们伟大的工业基础，给予了我们今天享有的生活质量。

我号召我国科学界，那些给我们造就了核武器的人们，现在把他们的伟大才智转向人类和平事业，向我们提供使这些核武器失去作用和陈旧废弃的手段！

这就是里根总统著名的"星球大战计划"演说。

世界上所有敏感的政治家们在这一刻都睁大了眼睛，他们从里根总统的演说中迅速捕捉到了一个极其重要的信息：

世界将发生变化！

人类社会将发生动荡！

每个国家和民族都将面临新的抉择！

1986年2月，北京已悄悄地从寒冬中走了出来。当一阵暖似一阵的轻风在城市的上空鼓荡的时候，淡淡的春意便开始在大街小巷中悄然流淌起来。流淌着的春随心所欲地信手涂抹着新绿，在树梢草尖的嫩叶上，在来去匆匆的脚步声中，在人们流盼回顾的笑容里。

王大珩走出会场，脚步匆匆地走向等候他的一辆老式伏尔加轿车。

他个头不高，眼睛总习惯地在厚厚的镜片后面微微地虚眯着，这使他看上去很像是一个儒雅温和的好老头。但仔细观察你就会发现，一旦有什么引起他的注意或使他情绪激动的时候，那眯缝着的眼睛就会突然睁开，炯炯地射出睿智的光。这时，你就会看到另一个王大珩：一个容易激动的、极有个性的王大珩。

走到车门前，王大珩一声不吭地拉开车门就钻了进去。

司机有些发愣，他从来没见过王大珩这个样子。在司机的印象中，王大珩总是温文尔雅极讲究礼貌礼节的。往常，不管有什么急事，他总是微笑着先与司机打过招呼再上车，但今天王大珩的神态却似乎有些异样。

正值下班的高峰时间，大大小小的车辆首尾相衔，吃力地在快车道上爬行。几乎每个主要路口都在塞车，北京的交通是越来越显得拥挤了……

王大珩坐在车里，他的思绪却还停留在刚刚结束的会议上。

里根总统的"星球大战"计划演说发表以后，国内各方面反响十分强烈。从1984年起，国家有关部门就开始多次组织专家学者，从各个方面对"星球大战"计划进行分析、研讨、论证。专家学者们普遍认为：从表面上看，"星球大战"计划只是一个重点针对苏联军事威胁的战略防御计划，但就此计划囊括了大批新兴尖端科学技术这一点看，其间除了军事目的外，还有其深远的政治目的。美国试图通过"星球大战"计划的实施，促进国防科技的发展，进而带动高新技术和国民经济的全面振兴，以确保美国在世界军事、政治、经济中的优势地位。换句话说，美国是企图利用"星球大战"计划在高科技领域独占鳌头，最终达到抢占21世纪战略制高点的目的。在这一问题的认识上，各方面早已达成了共识。但是，在我们应该采取什么对策这个问题上，却仍存在着分歧。一种意见认为，我们也应该搞。理由是，在科学技术飞跃发展的今天，谁能把握住高科技领域发展方向，谁就有可能在国际竞争中占据优势。我们不能轻易放弃这个机会。另一种意见则认为，以我们的国力来看，目前还不具备全面发展高科技的经济实力。现在他们搞高科技，我们可以先搞短期见效的项目。等他们搞出来以后，我们也赚了钱，有了经济实力，就可以利用他们的成果了。

这一类的会王大珩参加过许多次了。每参加一次会，王大珩的心中都会平添几分焦灼，增加几分沉重。

世界上关于"星球大战"计划的话题已经沸沸扬扬地炒了整整两年了。这两年间，特别是刚刚过去的 1985 年中，整个世界几乎都行动起来了。各种各样符合或针对"星球大战"计划的对策、计划纷纷出台：日本首先出台了"科技振兴基本国策"；西欧 17 国联合签署了"尤里卡"计划；苏联及东欧集团制定了"科技进步综合纲领"；印度发表了"新技术政策声明"；韩国推出了"国家长远发展构想"；南斯拉夫也提出了"联邦科技发展战略"……

仅在短短一年多的时间里，就有这么多国家争先恐后地相继出台科技发展大举措，这在世界发展史上是前所未有的。1985 年也因此而成为举世瞩目的"星球大战年"。现在，当时间已经走到了 1986 年的时候，我们面对的问题仍旧是：我们怎么办？这能不叫人着急吗？

这天，王大珩家来了一位重要客人，他叫陈芳允，我国著名无线电电子学家。陈芳允是一位事业心和责任感都很强的科学家，他长期从事航天地面测量系统的研究和设计工作，曾主持试验通信卫星和微波测控系统的研究，对我国航天事业的发展做出过突出的贡献。那天的会议陈芳允也参加了，快到中午的时候，陈芳允和王大珩相继发了言，他们都发现对方的见解与自己有很多的共同之处。最主要的是，他们都认为，虽然我国的经济实力目前还不允许全国发展高科技，但争取在一些优势领域首先实现突破则是有可能的。

今天，陈芳允就是专为此事来找王大珩商量的。

一到一起，他们就谈得很投机。他们都是"两弹一星"的元老，都曾亲身经历过核武器从"一点没有"到"有一点"的过程。

他们说，搞"两弹一星"的时候，我们的国力还不如现在雄厚，但我们硬是咬着牙搞出来了，人家就不得不对我们另眼看待，就不得不在国际政治舞台上让我们占据一席之地。

他们说，现在我们虽然还很落后，仍不富裕，但情况比那时毕竟是好得多了。如果这一步落下了，我们就有可能被新技术革命的浪潮所抛弃。

他们说，国家与小家一样，都要精打细算过日子，都得把钱用在刀刃上。有些钱是可以不花的，但有些钱是不得不花的，涉及国力竞争，牵涉到国家命运的钱就不得不花，而且是必须要花！

他们说，没钱我们突出重点项目行不行？我们制定有限目标行不行？

他们说，没钱我们少买几辆豪华轿车行不行？我们不坐进口汽车，坐我们自己的国产车行不行？……

"能不能写个东西，把我们的想法向上反映反映？"陈芳允说。

"对，应该让最高领导了解我们的想法，争取为国家决策提供帮助！"

王大珩突然明白自己应该做什么了。

1986年3月3日，一份《关于跟踪研究外国战略性高技术发展的建议》呈送到邓小平面前，上面附着一封措辞简短的信：

敬爱的小平、耀邦、紫阳同志：

首先向你们致敬！

我们4位科学院学部委员（王淦昌、陈芳允、杨嘉墀、王大珩）关注到美国"战略防御倡议"（即"星球大战"计划）对世界各国引起的反应和采取的对策，认为我国也应采取适当的对策，为此，提出了"关于跟踪研究外国战略性高技术发展的建议"。现经我们签名呈上，敬恳察阅裁夺。

我们4人的现任职务分别是：

王淦昌　核工业部科技委副主任

陈芳允　国防科工委科技委专职委员

杨嘉墀　航天部空间技术院科技委副主任

王大珩　科学院技术科学部主任

王大珩　敬上

1986年3月3日

邓小平很快看到了这份建议。

3月5日，邓小平立即作出批示：此事宜速作决断，不可拖延！

随后，邓小平立即责成国务院有关负责同志具体落实。国务院很快会同有关部、委、院、所，组织了几百名专家，进行调查论证。在进行充分论证的基础上，制定出了我国的《高技术研究发展计划纲要》。

1986 年 11 月 18 日，国务院正式发出了关于《高技术研究发展计划纲要》的通知，至此，一个面向 21 世纪的中国战略性高科技发展计划正式公布于世。

这个计划根据王大珩等人提出的建议，采取了制定有限项目实行重点突破的方针，重点选择那些对国力影响大的战略性项目，强调项目的预研先导性、储备性和带动性，并按照邓小平的指示，实行军民结合，以民为主的原则。这是一个跟踪国际水平、缩小国内外科学技术水平的差距，在有优势的高技术领域创新、解决国民经济急需的重大科技问题的国家高技术发展计划。由于促成这个计划的建议的提出和邓小平的批示都是在 1986 年 3 月进行的，这个由科学家和政治家联手推出的名字"863"一下就叫响了。

这就是举世瞩目的"863 计划"。

10 年后，北京的一家报纸在头版醒目位置这样向人们介绍着硕果累累的"863 计划"：

"863"使美国麦道公司与我们合作生产飞机机头；

"863"使 15000 多种军工产品转为民用，增加产值上百亿元；

"863"使卫星覆盖率达国土面积的 80% 以上，天气预报的准确率大大提高；

"863"使每位国民多得口粮 25 公斤；

"863"使中国人拥有"工业领先"的企业；

"863"使每个新生儿对乙型肝炎免疫；

"863"使共和国拥有向世界科技前沿冲击的队伍；

"863"在"九五"期间的实施强有力地支持了国民经济的发展。到 2010 年，我国高新技术产业产值占工业总产值的比重，从 1994 年的 8.3% 增长到

25%……

这就是"863"！

显然，这家报纸是想用直观的例子和更接近老百姓生活的描述来说明"863"。其实，"863"何止于此！

至1995年底，"863计划"囊括的7个高技术领域中所选定的2800多个课题，已有1398项（占49.9%）完成并取得了成果鉴定，其中：550项达到国际先进水平（占39.3%）；475项已进入应用领域（占33.9%）；133项已转化为产品（占9.5%）。在参加"863计划"的3万人次科研人员中：有数百人被培养成为决策层次的专家，其中数十人已被接受为科学院或工程院院士；培养出博士1490人，硕士3868人。

这些，也许还不是"863"的全部。

"863"把中国一下子推到了世界高科技竞争的起跑线上，她再一次点燃了中华民族的希望之光，她必将照亮中国人实现几代人的强国之梦！

（摘自《读者》1998年第5期）

# 从"美国梦"到"世界梦"
## ——留美 30 年

陈思进

　　1978 年 6 月 23 日，邓小平同志在听取清华大学工作汇报时指出："我赞成留学生的数量增大……这是 5 年内快见成效、提高我国水平的重要方法之一。要成千成万地派，不是只派十个八个。……要千方百计加快步伐，路子要越走越宽。"邓小平同志的这段话是他为中国改革开放事业设计的宏伟蓝图的一个重要组成部分，学界称之为"小平同志关于扩大派遣出国留学人员的重要讲话"，对开创改革开放时期的出国留学工作具有划时代的意义。

　　2008 年 3 月 1 日至 16 日，由国家教育部留学服务中心主办的第十三届"中国国际教育巡回展"在北京、大连、西安、重庆、上海、长沙和广州举行，有来自近 30 个国家和地区的超过 400 所高校和教育机构参展，为历届教育展中规模最大的一次。有家长感叹，留学日趋普及，只要想留学，就能找到接收学校。

　　1978 年，中国重新开启了对外留学的大门，一晃 30 年过去了，中国早已成为全世界最大的留学生派出国。据教育部公布的最新统计结果，从 1978 年到2007 年年底，各类出国留学人员总数已达 121.17 万人，留学回国人员总数达 31.97 万人，目前在外的留学人员有 89.2 万人。虽然"海龟"只占出国留学人员总人数的四分之一，但在诸多领域成就卓著。目前，在中国 1700 所大学中，60%以上大学的校长由留学归国人士担任；仅北京中关村，就有 3000 多家归国留学人员创办的企业；广东、上海的留学生创业园，已成为世人瞩目的焦点，"海龟"在许多领域，起到了"领头羊"的作用。

## 第一批留美公派生

1978 年的一天，我的朋友大平和其他 49 个人一起，登上了前往美国华盛顿的飞机。那天，除了他们的亲友，新华社、《人民日报》《光明日报》等都派记者为他们送行，因为这是"文化大革命"后，中国派出的第一批留美访问学者。从此，中国留学生奔赴全世界的序幕正式拉开！

那 50 位访问学者一下飞机，首先来到位于华盛顿的中国驻美国大使馆，在工作人员的帮助下，他们向美国的大学递交了入学申请。他们当时还不清楚怎么跟美国的大学联系，甚至连对方回复的信件都看不太明白。

早期的留学生基本上是公派，是一种不充分竞争下"无奈"的精英留学。他们原本就是各个单位的"培养对象"，公派出国不愁学费，更不担心生计，只要保质保量把书念完，拿到学位，回国后往往更上一层楼，他们中的许多人都成了各行各业的栋梁。

## 艰辛的历程

很快，自费留学的大潮来了。自费留学兴起于 20 世纪 80 年代中期，到了 90 年代后期，自费生的比例超过了公派生。

20 多年前的自费留学，必须有近亲海外担保才能申请护照。最早的自费留学生几乎也都是"真"担保——也就是真由担保人来负担学费、生活费。对于没有直接海外关系的普通百姓来说，他们的自由出国留学始于 1985 年，这标志着留学大戏的真正开场。

1985 年以后的自费留学生绝大多数是"苦出身"，因为他们的经济担保几乎都是"假"担保——名义上的担保，除了运气好拿到全额奖学金以外，绝大多数人都只能靠勤工俭学来维持学业和生活。《北京人在纽约》的主人公王启明，下了飞机还没开始品味美国，便一头扎进纽约的餐馆洗碗，这成了国人对早期留学生生活的印象。其实新移民王启明的经历，与初期的自费留学生有很大的不同，最大的不同点是身份。新移民来美国没有读书的必要，而在美国糊口很容易，随便找份工作，每个月即使挣五六百，吃住也够了，像王启明那样在纽约餐馆洗碗，每个月至少能赚 800 美金。而留学生则不同，他们要保持学生身份就必须全日制读书。对于绝大多数没有奖学金的学生来说，必须打工挣学费，而且学费要比当地人至少多付一倍以上，是基本生活费的两倍，甚至三四倍！按照美国法律，留学生在校内打工每周不能超过 20 小时，这只能解决吃饭问题，要挣学费就必须到校外打黑工，也就意味着超低的所得，超长的工时。一个人同时打两三份工不足为奇。

那时国内有一项政策：大学生工作五年后才能申请出国，再加上考托福，考 GRE，找担保，联系学校，很多人出来时已过而立之年。其中单身的留学生往往要等拿了学位、找到工作、办好身份再结婚生子，好些留学生年过 40，有的甚至过了 50 岁才有孩子。还有些朋友一拖再拖，到现在还没孩子，挑剔些的甚至还是孑然一身。而结婚后出来的留学生中，好些因为配偶有"移民倾向"，移民官不批陪读签证，使得不少夫妻相隔五六年才能团圆。更有甚者，还没等到团聚就已经离婚了。出国前就有孩子的留学生中，不少人将两三岁的孩子留给父母带，出来时孩子还小，等到团圆时，孩子都不认识父母亲是谁了。

　　多年来国内的新闻媒体对留学生的报道大部分着眼于两个极端：特别优秀的奇才和穷困潦倒混不下去的惨例。做新闻的都知道，狗咬人不是新闻，人咬狗才是新闻。像专家洗碗、教授当保姆这种个例很有轰动性，可以吸引好奇的读者。事实上就像"海龟"不可能永远"海带"下去的道理一样，大部分留学生的生活困难也都是暂时的，毕竟树挪死，人挪活。成千上万留学生的生活充满了哀愁喜乐，对我们这些早期的老留学生们来说，北美"既不是天堂，也不是地狱"。

　　在北美，无论我们待多久，即使成了美国、加拿大公民，却仍然是"边缘人"。我曾经和国内好些亲友谈到在这儿很难进入主流，他们不太明白，问我："你不是早就进入华尔街的大公司了，怎么还不在主流呢？"因为他们生活在国内的主流之中，反倒不能理解什么叫主流。我们比国内的人多了些选择的机会，但很难真正融入这个社会，形象的说法是："得到了天空，失去了大地。"我太太的老师在英文写作课上说，即使像工程师这样的工作，"能否成功，90%不是取决于你的技术能力，而是取决于你的语言文字和交际能力"。和美国人相比，英文的确是我们的短处，但对我们留学生来说，真正的软肋其实并不是英文。

　　《诚信的背后》的作者说过："1994年，我在瑞士信贷的培训课程就很具代表性：绝大多数实习生都是白人男子，不是哈佛、耶鲁、牛津的毕业生就是富家子弟……"我是2003年年初进入瑞士信贷的，我有一位同事，是当年某省的高考状元、北大物理学硕士、中科院天体物理学博士、美国哈佛大学博士，在华盛顿国家级实验室做过两年博士后。在我看来，他是个天才，能力超强，没有他解决不了的问题。他知道英文是我们的短处，花了大工夫矫正口音。我第一次听他说英文时，以为他是美国出生的华人，没一丝中国口音，而他写的英文报告也不比美国人差，但他的级别至少比同等资历的老美差三级！我们部门几次三番将他报上去，并且有部门总经理的强力推荐，可他的升迁之路一次次被公司高层堵住。一次在公司大会上，他终于忍不住了，大胆地质问高层人物："在我们公司升迁的依据是什么？是能力，还是姓氏？"这就是所谓的"玻璃天花板"，你能望到天空，就是冲不破那层玻璃板……

随着中国的高速发展，近几年，海"归"潮起。我和周围朋友每次聚会时，谈论最多的话题就是归与不归、何时归去。

## 迅速变化的自费留学生群体

在全球经济普遍萎缩的情况下，中国"风景这边独好"。中国经济几经考验蒸蒸日上，一直保持着7%以上的高增长率。在这种情况下，出国留学的"机会成本"显然越来越高。

1996年之后，随着中国经济的发展，留学生的状况也迅速改变，渐渐出现全民留学、大众留学的普遍趋势，只要有钱就可以留学。留学生们对是否能在国外留下并不在意，能留则留，留不下来就回去。不端盘子不打工的小留学生，正成为中国留学生的主要群体——年龄越来越小。留学的目的是积累几年国外学习经验，回国谋求大发展。

从整体看，早期出来的自费留学生由于想留下来，攻读数理化、工程、电脑的人比较多，容易找工作、办身份。曾经有几年，留美学生中不管原先在国内是什么专业毕业的，男的都转学电脑，女的都转学会计。而以出国"镀金"为手段，以回国求发展为目的的留学生，多半会选择适合在国内发展的专业，如管理、金融、法律等。

我有个朋友只用一句话，便非常形象地道出了新老留学生的不同："我们那时一下飞机直奔餐馆洗碗，现在的留学生一下飞机便直奔车行买宝马；我们那时一进超市就晕乎，现在的留学生看到纽约都说不咋样。"前些日子，我的老同学云霞的MSN签名是："可怜的坐经济舱的孩子！"我想，坐经济舱怎么了？便和她聊了起来，这才知道她女儿在美国华盛顿大学读书，放暑假回国，没有买到商务舱的机票。她心疼女儿要坐十几个小时的飞机，多可怜啊。而我们这批人到现在都舍不得坐商务舱回国，留学时就更别提了，往往还不知道下学期的学费在哪儿。就是有钱，也非要等拿到身份才敢回去！有的人甚至连父母去世都不敢回去送最后一程，生怕回去了，再签证时出问题而"回不来"了。

最近，中国驻英国大使傅莹在其母校英国肯特大学发表演讲时，也提到了新老留学生的变化："联想到中国城市人均收入在过去 30 年里增长了 30 倍，出现这样的情况不足为奇。"

出国不见得不爱国，尽管还有接近 80%的留学生没回国，但他们一样可以而且也正在为祖国的发展做贡献。留美学生大都毕业于国内一流大学，他们既接受了中国的传统教育，又汲取了西方的先进理念和技术，为东西方搭建起一座宝贵的桥梁。大洋那边千千万万的"海龟"，与千千万万的"海鳖"，将为世界了解中国和中国走向世界，为中华民族的伟大复兴而共同努力！

（摘自《读者·原创版》2008 年第 6 期）

# 外滩，生生不息

陈丹燕

收集角度大致相近的外滩图片，将它们按照年代一一排列，是件有趣的事。这时，外滩就像一个人的一生那样，在我面前一一展开。

## "万国建筑博览会"的传奇

那是 1840 年被迫开埠前夕，上海一派宁静的处女港湾。在清静本分的水墨画上，能看到城墙上、望江亭里，有人凭窗而坐。桌前长面的江南男子，也许在饮酒赋诗，也许在凭楼远望。黄浦江水鳞波潋滟，扑打着刷了桐油的沙船，那是当时中国最重要的运输工具。沙船的末日，要等开埠后欧洲快船到来以后。那是一个佚名的江南画师无意中为"处女"的上海留下的影像。此刻看去，令人想起出嫁前的女孩，去照相馆为自己留下的纪念照。出嫁以后，人还是同样的那一个，但神情毕竟是不同了。何况这个上海，面临的是一场将要众叛亲离、脱胎换骨的"婚姻"。从此一去，再没有归途。

那是 1860 年的外滩，已经从一片泥滩成为一字排开的东印度公司式的三层楼房的堤岸。最初来上海的英国商人和传教士们记录了在木制房子宽大的卷廊里，下午喝茶、会友，看江面欧洲快船缓缓进港的情形。那时外滩的树都还很瘦小，欧洲带来的马车是最体面的交通工具，洋行的码头就造在房子前面的滩地上，毫无景观可言。那样的情形让当时工部局的总董金能亨大为恼火，他极力限制和清除外滩堤岸上各洋行的码头和货栈，将外滩从利物浦般"贪婪""粗鄙"的堤岸景色中拯救出来，使它最终成为一处可以让外滩居民呼吸新鲜空气、散步和社交的场所。他为外滩的一草一木与洋行大班的一砖一石进行的战斗，始终统一在外滩自相矛盾的气质里。

那是 1880 年以后的外滩，靠鸦片和地皮终于暴富的各家洋行一遍又一遍在外滩翻新自家的办公楼。他们在内心深处汹涌的那种对暴富无法默默承受，不得不惊叫和炫耀的惊喜，使外滩成为远东最大的建筑秀场。从砖木结构的房子，到钢铁结构的房子；从东印度公司殖民地式样，到欧洲最时髦的芝加哥风格的摩天楼，暴发户对建筑的渴望是不可遏制的。跟随东印度公司发迹的渣打银行，从意大利教堂买来了整扇铜大门，作为自己的大门。海关大楼的英国大钟，是当时亚洲最大的钟，原封不动地复制了伦敦大本钟的曲调。汇丰银行从世界各国采买最时髦和昂贵的建筑材料，将自己的新楼建造成"从苏伊士运河到白令海峡一线最讲究的建筑"。而沙逊大厦则一开始就抱着成为亚洲最豪华建筑的雄心，它的契丹风格、拉力克玻璃的身价、芝加哥镀金时代的混杂口味，给外滩带来几代暴发以后，粗俗放纵与颓废挑剔并举的奇妙的狂欢风格。这几十年来的照片，我们只看到那里的楼房，像青春期的孩子一样转眼便长高了，马车转眼换成了美国的雪佛兰，黄包车如搬家的蚂蚁一样连成一线。

外滩终于成为"万国建筑博览会"。它正一心一意追求着现代性，它与之比较的对象，从来不是中国各省或亚洲各国，而是世界。世界主义是它对自己身份的安顿，也是自豪。庆祝租界五十周年时，外滩更是拉出大标语，上面写着："这世界有谁不知上海。"

第二次世界大战前的外滩，成为世界第五大都市的心脏，它的传奇四处传扬。

对新到上海的人来说，上海比传说中有过之而无不及。它站在黄浦江边上，那是长江的支流。邮轮就停靠在外滩，那是上海最重要的大街，也是城市的中心。当你来到岸上，上海混杂了豪华和大蒜的独特气味就一举将你淹没，一打不同的语言同时攻击你的耳朵，乞儿吊在你的衣服上不肯离去，美国产的汽车正对着你的黄包车夫狂按喇叭，有轨电车摇晃着经过街道。在你头上，外滩的外国建筑物直冲云天；在你脚边，中国乞丐们用手指戳弄着他们自己身上的痛处，力争让行人因为不忍或者恶心而施舍。人行道上，中国式的银手推车箭一般地戳向正从俱乐部大门里步出的着正装的英国人。在路上，一个包了红头巾的锡克巡捕对两个中国女孩狂吹哨子。就是被蒙着眼睛，你也能感觉到上海那彻底的、几乎歇斯底里的能量。

你还能买到从各个国家来的奢侈品。从日式婚礼和服，到由中国小男孩手工缝制的镶边丝绸内衣一应俱全。

这是英国作家哈瑞特·萨金特在《上海》一书中对当时外滩的描写。她如我一样，也是没有见识过外滩的年青一代，靠四处的访问，查考保存在英国、美国以及上海的档案和一厘米一厘米地考证照片，来还原大战前后上海的疯狂。当我一字一句地翻译她书中这两个段落时，我曾翻检过的照片、旧报纸、多年没有人碰触的纸张变脆的档案一一浮现眼前。我有时能判断出她的意象出自哪里，又有哪些是结合了自己的想象和夸张——那是经历了海事时代的想象，不管我们属于那个时代两个正好对应的民族——心路竟是相似的。按照卢卡斯的说法，这是将"认真的事实与无限的幻想混合"。

### 外滩渐旧，魅力依然不可估量

1958 年的外滩，过于清洁的街道，穿深色衣裤举止拘谨的行人和突然变得半空的停车场，以及出现在汇丰银行对面的伏尔加牌苏制小汽车，还有组成了"令人不能忘记的天际线"的楼群，从无数紧闭的窗户里传达出来的敛声静气，以及莫名的威严、恼怒与茫然。不要忽略从中国人、日本人、德国人和法国人镜头里流泻出来的那个年代外滩的茫然，那是英租界的外滩成为上海人的外滩后，欢笑、国旗和阳光都无法掩饰的真情。从 1880 年开始，上海人从一个 15 英亩（六万多平方米——编者注）的小公园开始，为自己在外滩享受公民的权利争取了大半个世纪，这是第一次，它终于属于了中国人。

从 1949 年到 1958 年，外滩的洋行全部撤出了原先的大楼，上海市政府和各大局接管了那些大楼。外滩成为上海政府主要办公地点，怡和洋行成为上海外贸进出口公司，招商局成为上海海运局，渣打银行成为中波海运公司，但海关还在原来的大楼里，而且，从赫德时代制定的各项基本规章仍旧沿用下来，并且成为全国各海关的统一规章。

而英国领事馆里的一部分甚至成了市政府机关的托儿所，另一部分则成为上海友谊商店，这是当时的上海与外部世界有所联系的窗口：只有外宾和陪伴外宾的中国人才能进入那里购物。走过红色的"WELCOME"地坪的中国人，实在有着不寻常的感受：那是种被极力隐藏的高人一等的感觉。距离这里有两个街口之遥的华懋饭店与汇中饭店合并，成为和平饭店。它们仍旧是上海最高级别的饭店，此刻入住的是来自华约组织的新中国的贵宾们。不过，掌管大堂电梯的工人还是沙逊大厦时代的老人，他仍旧每天用发蜡将一头茂密的短发整理得油光可鉴，让人站在他身旁也不得不检点自己的仪表。

1966 年夏天，海关大钟的报时曲，从英国曲调改成了当年最重要的歌曲

《东方红》。寂静的上海夜晚，钟声一直可以从外滩传到静安寺。那一年，和平饭店楼上的中餐馆传统的中国龙凤以及蝙蝠的浮雕被人用纸贴了起来，华懋饭店时代客房的陈设和家具仍旧使用着，包括传说中洗脸池上方的银质水龙头。如同奇迹一样，沙逊家族的族徽也原封不动地保留在墙上、楼梯上和屋顶上，但怡和洋行门楣上刻在花岗岩上的标志却被铲除了。汇丰银行的标志并不是在那时被清理的，上海市政府时代，它的狮子和它的标志都在远处保留着，它大堂里的壁画被掩盖在薄薄一层石灰粉后面。到三十多年后，在上海经济起飞中，新兴的浦东发展银行租用汇丰大厦后，这家新兴的银行才将汇丰银行的所有标志换上了自己的标志。那新标志与修正后的大堂，充满海事时代通商口岸风格的壁画形成悖论般的对峙。

20世纪70年代，上海总会改名为东风饭店，向公众开放。那里供应70年代口味浓重的上海菜：清炒河虾、松鼠黄鱼、香酥鸭和三鲜汤。

在那里，可以买到正广和的橘子水、青岛啤酒以及绍兴黄酒。酒吧在20世纪50年代已经销声匿迹，在漫长的中国内陆城市的拘谨生活中，东风饭店的管理者看不出它的前途。从70年代到90年代初，东风饭店二楼宽大的洗手间即使窗户大开，阿摩尼亚气味也经久不散，还永远能听到马桶水箱嘀嗒的漏水声。从沿江的长窗望出去，透过布满雨痕的玻璃，黄浦江的风景仍旧是吸引人的，特别是当桅杆上挂满小旗的远洋船缓缓经过的时候。风尘仆仆的铁船上，巨大的铁锚上带着黄色的铁锈，仿佛昨日再来。1910年产的西门子电梯哐啷哐啷地上升或下降，在楼梯上，能看到客人的半截身体，让人很容易想起第一次世界大战前的西方电影里的情形。

一年又一年，外滩的大楼渐渐旧了，仁记洋行的大堂里挂满了各种自制的信箱和牛奶箱，走廊里摆满了各家的煤气灶，接进了水管子，权当厨房。它早已成为普通民居，通常一间办公室里，住的是祖孙三代的家庭。饰有精致圆柱的安妮公主式的大厦门口放着摇摇欲坠的竹椅，那是老人夏天乘凉的座位。从前的码头，现在成了人们早晨结伴打太极拳和跳舞健身的地方。

1908 年，联合教堂的住堂牧师在书中建议来上海的游客到江岸上去看风景，他认为那里是外滩最重要的观景点，能看到繁忙的江面上从世界各地来的船只和国旗。1974 年，德国人 Eileen Hsubalzer 访问上海时发现，那里仍旧是来外滩的人最喜欢去的地方。他们靠在堤岸上，眺望江面上过往的船只，男人们为女人和孩子指点船和旗帜，要是偶尔有外国的船进港，他们就有机会看到外国的国旗和站在甲板上的水手。有时彼此也会遥遥挥手致意。

30 年代的外滩公园成为上海人的传统约会地，此时不仅保留了下来，而且在 70 年代后发展成外滩最亮眼的风景。凡是来外滩的人，不论是最看不起上海的北方人，还是前加拿大总理，或者日本记者，都要来这里看一看站满江边的上海恋人，看他们如何奋勇地当众亲热，如何在工人纠察队的厉声呵斥下顽强地坚持。同时，他们也能看到另一个从 20 世纪 50 年代形成的另一种传统，那便是上海的青少年来公园上爱国主义教育课。他们能看到成队的孩子排队出入公园的大门，他们正在进入从前中国人不得入内的地方。而这些孩子中的一部分，在长大以后就成为来这个公园约会、公然展览自己爱情的青年。《纽约时报》的一个记者来上海采访这个都市的真相，他去常熟路采访了在上海第一家恢复营业的鲜花店，也记录了 1981 年时情人墙的情形：“沿黄浦江西岸的外滩千米长堤，集中了一万对上海情侣。他们优雅地倚堤耳语，相互之间只差一厘米，但决不会串调。这是我所见到的世界上最壮观的情人墙，曾为西方列强陶醉的外滩，在共产党中国，仍具有不可估量的魅力。”

1981 年的时候，外滩被人们的衣服摩挲得异常光滑的水泥堤岸强打着精神，它的大楼散发着过度使用但少有维修的异味，大部分抽水马桶漏水，下水道因为老旧而时常堵塞，从前的桌椅终于用旧，开始被淘汰出大楼。而新的本地产桌椅沙发，在高大的旧办公室里，则显得非常单薄与不匹配，而它的外部则蒙满了灰尘。沙逊在外滩的家成为上海历届市长最喜欢的高级小餐厅。外滩旧了，但它天际线的素描印在上海出产的人造革提包和旅行袋上，那个式样的包袋，却是全中国人民都喜爱并信任的牌子，在中国与世隔绝的几十年里，流行于千家万户。

20世纪70年代以后，随着外国记者又能进入中国采访，外滩如同埃舍尔画中循环往复不绝的流水，作为与旧都市连接一脉仅存的、匪夷所思的事实，而引人诧异，以及不安。是它呈现出来的无所不在的对立与再生，悖论式的相对与连接，迷宫式的无所不在的谜团与出口，让人感到无法把握的不安。它在茫然中坚持独自前行的方向，它如同一个梦游者，不设防地、随意地、一往无前地走向无从猜测的前方。

它奇迹般地保留下自己丰富的矛盾性格和混杂的特色，即使经过了四十年的禁锢，它还能在友谊商店外面的墙上画出一整幅"世界人民大团结万岁"的宣传画，表达自己对不同人种的强烈兴趣。

作为上海人的外滩，它在经年的茫然和不安中，养成了自己的气质。当绝大多数西方的写上海的书籍七嘴八舌地抱怨上海时，当他们充满对比地形容着外滩漆黑的夜晚和从地而起的旋风，他们没有预料到外滩还有比埃舍尔的画更多彩多姿的矛盾与逻辑。它从一个19世纪远东通商口岸城市的符号，默默成长为充满历史象征和未来寓意的上海人的外滩。

看那张马可·锐波德1993年在外滩堤岸上拍摄的上海一妇女带着孩子散步的背影，她那紧裹在双腿上闪闪发光的紧身裤上，是一件缝有夸张的垫肩的针织外套，她矜持地穿着它，端着肩膀，握着晚会用的礼服包，郑重其事地、捉襟见肘地、洋洋自得地走着，还习惯地穿着一双高跟鞋。她外套上的图案是外滩的天际线，天空处织着浪漫的大星星，星空下，汇丰银行的圆顶在她的腰部隐约可见。仔细看看她的背影吧，她简直就是一个行走着的、有血有肉的90年代的外滩。

虽然这只是个寻常上海太太的背影，但它已明确无误地告诉我们，上海仍旧活着，外滩仍旧在成长，它径自成长，而且奇特地保有它独特的个性。

（摘自《读者》2007年第13期）

# 中国私营企业 20 年

寿蓓蓓

20 年来，我国私营经济大体经历了三大发展阶段：萌生、起步阶段（1986年以前），曲折发展阶段（1987—1991）和高速增长阶段（1992—1997）。

私营企业在 1988 年取得合法地位之前，没有统一的名称，也没有较大范围的统计数字，各地在调查统计时称之为"专业大户""个体大户""雇工企业""新经济联合体"等等。

## "就判他 7 年刑吧"

1971 年，福建省石狮镇查封了 12 家"地下工厂"，逮捕了 5 名"新生资产阶级分子"，其中一位"像章大王"吴夏云月收入 300 元。专案组认为，省里一般干部月工资 57 元，超过这个标准即为非法收入，算出他所获非法收入 7000 多元，"就判他 7 年刑吧"。

1974 年，石狮小商品市场再度兴起，1976 年步入繁荣。1977 年 4 月，在当时的中央领导人指示下，石狮镇作为"资本主义复辟典型"被拍进电视纪录片《铁证如山》，画外音是"石狮的资本主义小摊小点有 993 个，日成交额 60 多万元"！经反复清查批斗，最后抓了万元以上的"投机倒把分子"11 人，万元以下千元以上的 100 多人。

中国社会科学院研究员张厚义（《中国私营企业发展报告（1978—1988）》一书主编）形容，1978 年以前，一些地区尚未成型的私营企业躁动于社会经济结构的母腹之中，跃跃欲出。1978 年以后的思想解放则起到了催生婆的作用。

## 不提倡，不宣传，不取缔

1979 年，中共中央批准在全国范围内进行一项区别工作，即把大批参加公私合营、没有或只有轻微剥削的小商贩、小工业者认定为劳动者，同资本家、资本家代理人加以区别。

在个体经济恢复发展的基础上，雇工经营现象在各地出现，成为党在社会主义实践中遇到的一个敏感问题，一些政策研究部门、社会科学研究机构陆续组成调查组进行调研。

1979 年，广东农民陈志雄承包了 8 亩鱼塘，1980 年增加到 105 亩，雇长工 1 人，临时工 400 个工日，当年获纯利 1 万多元。1981 年 5 月 29 日至 9 月 19 日，《人民日报》就陈志雄雇工承包鱼塘的问题展开专题讨论。

同年 9 月 12 日，安徽省《芜湖日报》报道了《货真价实的"傻子瓜子"》：曾在 60 年代因"投机倒把罪"被羁押、绰号"傻子"的年广九的瓜子生意日趋火爆。1981 年至 1984 年，他的雇工由 3 人发展到 103 人，仅 1984 年就纳税30 多万元。在"傻子瓜子"的带动下，芜湖市瓜子产量由原来不到 100 万斤，猛增到 1984 年的3000 多万斤，税收达 400 多万元。

对于雇工超过 8 人的大户是否肯定其合法地位，上上下下争议很大。1982 年，经邓小平提出，中央政治局讨论通过了对私营企业采取"看一看"的方针。1983 年，中央文件"对于超过规定雇请多个帮工的"规定了"三不"政策，即"不宜提倡，不要公开宣传，也不要急于取缔"。

1984 年 10 月 22 日，邓小平在一次讲话中指出："我的意见是放两年再看，那个能影响我们的大局吗？如果你一动，群众就说政策变了，人心就不安了。你解决了一个'傻子瓜子'，会牵动人心不安，没有益处。让'傻子瓜子'经营一段，怕什么？伤害了社会主义吗？"

1984 年以后，私营经济刚刚起步便快速发展，这是因为：首先，由于农村经济持续多年快速发展，农民有了大量剩余资金，它所造成的国内市场巨大空白促进了国民经济高速增长，并推动了低技术工业在农村的发展；其次，以经济建设为中心的各项政策陆续配套，政治环境宽松，国家银行的资金支持也是一个重要原因。

## 上半年戴花，下半年戴枷

1987 年至 1991 年，私营经济进入曲折发展阶段。这一时期，相关政策、法规陆续出台，开始在全国范围内进行私营企业登记工作。然而，一些企业存在产品质量问题，宏观政治环境也发生了变化，国家对私营企业加强整顿，进行规范管理。由于种种原因，私营经济发展先是下降，而后缓慢上升。

1985 年 3 月起，因各种原因银行拒绝继续贷款，"傻子瓜子"开始失去了较大规模的生产和经营能力。

1985 年下半年以后，整个国民经济发展过热的势头一度下降，特别是银根紧缩后，经济环境由宽松转向偏紧，从总体看，私营企业的发展速度放慢了。

据河北省永年县调查统计，私营企业的户数 1985 年比 1983 年增长 10 倍，而 1987 年比 1985 年只增长 0.5 倍。

1987 年中央文件规定，对于私营企业"允许存在"。同年，十三大报告进一步指出，私营经济"是公有制经济必要和有益的补充"。

1988 年，全国人大通过的宪法修正案增加规定，允许私营经济"存在和发展"，私营企业取得了合法地位，继而颁布了《中华人民共和国私营企业暂行条例》。

从 1988 年下半年起，国家开始整顿经济秩序。私营企业发展遇到了资金不足、原材料紧张、"三角债"等问题。1989 年在全国范围内开展税收大检查，出现一些对私营企业惩罚过重的现象，群众称"上半年戴花，下半年戴枷"。

1989 年 9 月 25 日，年广九因贪污、挪用公款罪被逮捕。1990 年 8 月 16 日，芜湖市新芜区（2005 年撤）清理整顿公司领导小组将傻子瓜子公司查封。

1989 年中央 9 号文件规定，私营企业主不能当共产党员，山东一位私营企业主王廷江闻讯将自己 600 万元资产的陶瓷厂献给集体，从而被批准入党。

### "傻子"东山再起

1991 年，中央 15 号文件终止了 50 年代对私营企业"利用、限制、改造"的方针，明确指出："对现在的私营企业主不应和过去的工商业者简单地类比和等同，更不是要像 50 年代那样对他们进行社会主义改造。"

1989 年年底，全国登记的私营企业为 9.06 万户，1990 年 6 月底降至 8.8 万户，年底又回升到 9.8 万户。1991 年年底，私营企业为 10.8 万户。

1992 年至 1997 年，中央进一步明确了非公有制经济的地位和作用，私营经济进入高速增长阶段。

1992 年春天，邓小平在视察南方的重要讲话中提出"三个有利于"的标准，并再次提及"傻子"。不久，年广九被释放。

同年十四大指出："国家要为各种所有制经济平等参与市场竞争创造条件，对各类企业一视同仁。"

1997 年，十五大报告进一步指出："非公有制经济是我国社会主义市场经济的重要组成部分。"年广九说："十五大给了我们一把保护伞，我们不用再害怕了，要真正大干了！"他一口气开了 96 家分店，雇了 200 多人炒瓜子，500 多人卖瓜子，1997 年销售收入达 3 亿元。

## 私营企业发展一怪："红帽子"

私营经济在发展过程中有三大特点：假集体现象、资本增值速度快、私营企业与区域经济同步发展。其中，假集体现象是最大的特点，俗称"戴红帽子"。

1981 年，前述被判了 7 年刑的"像章大王"吴夏云接受教训，在街道名义下办起了工厂。

同年，河北省邯郸市农民冯连印也与街道办事处合开一家企业，街道办只负责办理集体企业营业执照，既未投入资金，也不承担风险，不参与经营。为归还借款，冯从利润中支出了 4.7 万元，于是被以诈骗、贪污罪逮捕。1984 年，市中级人民法院判决其死刑。他不服，官司打到最高人民法院，直到国家工商局发表意见，认为该企业应属私营企业，最高人民法院才在 1987 年将冯无罪释放。

由于产权关系不清，假集体企业给国家、当事人造成很大麻烦，甚至灾难，那么，为什么私营企业还要戴上一顶"红帽子"呢？张厚义认为主要有三个原因：

第一，企业主为了政治上的保险。多年的阶级斗争情景，过来人至今刻骨铭心。1989 年下半年，一位企业主听说不能入党的消息后失声痛哭，认为自己被打入"另册",发誓不让子女继承家业。

第二,企业主为了经济上的实惠。假集体企业可以享受集体企业在贷款、税收等方面的优惠政策。

第三,社区领导为了经济上的实惠和政治上的保险。在地方财政普遍紧缺的情况下,假集体企业通过上缴管理费,将部分国家税收转为地方政府的计划外收入,增强了地方财力。同时,在凡事都要先问姓"社"姓"资"的年代里,如果私营经济在区域经济结构中所占比重过高,社区领导就有可能被认为犯了方向错误。

值得关注的是,十五大之后,一些地区出现了假集体企业摘"红帽子"的风潮。1996年,苏南乡镇企业的增长幅度由两位数下降到一位数,部分地区个别经济指标还出现负增长。1997年,苏南的"摘帽子"企业超过5000家,通过拍卖、转让等形式转为私营的集体企业也近5000家。随着私有经济的迅猛发展,经济滑坡得到了遏止。

## 不会发展成资本主义

目前,浙江省富阳市的私营企业吸纳下岗再就业人员7000人,创造的工业产值和上缴税金均达全市工业总产值、财政收入的60%以上,撑起富阳经济的半壁江山。

温州市苍南县金乡徽章厂不但承制中国人民解放军各军兵种跨世纪军装所用服饰系列产品(包括帽徽、肩章、胸标等),而且承制美国军队100多个兵种的军徽、50个州和1个特区警察局所用警徽和警花。私营企业主陈家枢说:"我们每个月向美国军方和警方提供5万枚服饰产品。"

有人提出,私营经济在区域经济发展中"喧宾夺主"占主体地位,会不会进而影响我国的社会主义性质?张厚义表示,如果现行政策持续稳定地完善和发展,私营经济比重增加不会影响国家性质。

随着经营规模扩大，企业通过股份制吸收外来资金的同时，企业资产的"血统"开始复杂化，演变为"混血儿"。例如，王均瑶1991年创办了一家包机公司，几年来开辟了27条国内航线和1条国际航线，他还投资33.3%的股份，与东方航空公司、浙江省民航局、温州市民航站共同组建了一家航空公司。

张厚义认为，私营经济与其他经济形式融为一体后，私营企业和国有企业的资产都将成为社会资本，在新的经济结构中，不一定是谁占绝对多数，谁就居主导地位，关键是谁能操纵社会资本。

他说："从中国的现状看，国有经济将始终操纵国民经济命脉和整个社会资本，在此前提下，国有经济比重减少，并不会影响我国的社会主义性质。"

（摘自《读者》1999 年第 7 期）

# 世纪情书的变换

二 波 周晓冰

　　"爱不受时光的播弄，尽管红颜和皓齿难免时光的毒手，爱并不因瞬息的改变而改变，它巍然矗立，直到末日的尽头。"莎士比亚曾如此歌颂爱。如果爱是岁月河床中奔腾着的永不停息的河流，那么，那些积淀在河底下异常圆润美丽的鹅卵石，便是情书了。

## 50 年代

　　我们有两种生活：政治生活和爱情生活。亲爱的，请不要忘记，我们的相爱是在延安毛主席的身旁，而我们的十周年，又是经过了几许艰辛，远征了无数高山大川，经过许多曲折的战斗，现在又要回到毛主席的身旁去了。我们的两种生活是融合在一起的，有时为了战斗，我们分开过，似乎是牺牲了一段的爱情生活，但是，我们不能不认为：这种分开也是爱情生活的另一形式。亲爱的，当我回忆起那分开的无数个怀念着的夜晚以至于白天，我也同样感到丰富和充实。我真诚地说，我永远是那么专心地想念你，为了更美好地和你一同生活而指望，而准备着。我记得，在热河那些危难的、艰苦的日子，我总是一想到你就鼓起勇气，我坚信，我永远是属于你的，而且我们将会永远在一起。正是因为这样，我们就无愧于心，当党需要我们谁，我们谁都没有退缩过，彼此也没有动摇过，爱情没有停顿过。一想到这些，我们就自然地有一种骄傲感，而这也是一种幸福。亲爱的，如果我们谁曾为了爱情而牺牲了工作，现在回忆起来，就会感到抱愧和羞耻，那又有什么幸福可言呢！

——郭小川致杜惠（1953 年 2 月）

这是一封"革命时期的爱情"的产物，为我们提供了那段激情岁月中的爱情样板。历史进入 30 年代后，面对日益危难的民族命运和险峻严酷的社会现实，许多向往进步与光明的青年人在长期的革命生活磨炼下，自觉地放弃了一度被珍视的、属于个体种种细腻复杂的情感与要求。一切为了革命、为了工作，其他的任何东西都是次要的。

## "文化大革命"时期

毛主席语录：调动一切积极因素，团结一切可以团结的人，并且尽可能地将消极因素转变为积极因素，为建设社会主义社会这个伟大的事业服务。

申 请 书

今有三队农工章永麟，男，39 岁（婚姻状况：未婚）与农工黄香久，女，30 岁（婚姻状况：离婚）申请登记结婚。双方皆出于自愿。保证婚后继续改造，接受监督，在支部领导和贫下中农的再教育下，为建设社会主义添砖加瓦，望党支部研究，批准为荷。

敬礼！

章永麟　黄香久　1975.4
——张贤亮《男人的一半是女人》

伏尔泰说，笑有时比哭更有力。我很"喜爱"这份申请书，不是喜爱"文化大革命"那个年代，而是喜爱"卑贱的小人物"们把荒谬而违背人性的生活"幽默化"的天才。我也相信，在这种"荒唐"文字的后面，有着许多伟大而深沉的爱情故事，是带泪的微笑的那种。

## 80 年代

昨晚我又好好想了我们走过的路。我很感激你。你给了我奋斗的力量和勇气。我多希望这一切可以继续下去啊，可惜这不可能了，我把你害惨了。你希望和痛苦告别，我不能强求。我只有一个请求，但愿不是奢望：你能常写些信给我吗？告诉我，你在关注着我的奋斗，你希望我再勤勉些，你祝我成功。这就够了。我等待着你的回信，天天等待着。也许（但愿不会）你根本变了，你完全蔑视了我的生活哲学，那么，我只能告诉你，你会后悔的。

幸福是属于生活的开拓者的。

——陈建功《流水弯弯》

经过半个世纪的风云沧桑，人们已经比五四时期成熟、深刻得多。尤其是信中以极郑重的态度道出的"我的生活哲学"，这样的语言更令人感到有些遥远，却又仿佛昨天的 80 年代的中国，在经历了太多的苦难与谎言之后，依然存在着的对生活积极而严肃的思考，对理想坚定而无悔的捍卫和追求。

## 90 年代

　　想不到生活竟让我也体验到了"人去楼空"的滋味，实在有说不出的懊丧。重新当起了"单身汉"，却无论如何也"快乐"不起来。我们的分离，是我们自己促成的，是被一种图强奋发和追求时髦相汇的浪潮推着走到这一步的，里面有自觉的追求，也有盲目的憧憬，心甘情愿和无可奈何交织在一起，使得我怨不得天，怨不得地，众人面前还不敢流露相思之苦。没有人劝慰，没有人分担，大家注目的只是一个辉煌得意的现象，你出国了，你飞到了太平洋彼岸，而如胶似漆的夫妻成了牛郎织女。

　　　　　　　　　　　——留守丈夫致留学妻子（1992 年 10 月）

　　现实，自嘲，坦率，清醒，是这封 90 年代情书的特点。没了高悬着的理想主义和"崇高目标"，一切都紧贴个性自我的设计与感受。不怯于自嘲，但内心并不以为短，所以格外坦率。也许是因为写给"老婆"的，所以华丽凄美的词汇已难寻见，而这本来是 90 年代情书的一大特征。

### 跨越 2000

痞子蔡：

如果我有一千万，我就能买一栋房子。

我有一千万吗？没有。所以我仍然没有房子。

如果我有翅膀，我就能飞。

我有翅膀吗？没有。所以我也没办法飞。

如果把整个太平洋的水倒出，也浇不熄我对你爱情的火焰。

整个太平洋的水全部倒得出吗？不行。所以我并不爱你。

轻舞飞扬：

如果我还有一天寿命，那天我要做你的女友。

我还有一天的命吗？……没有。所以，很可惜。我今生仍然不是你的女友。

如果我有翅膀，我要从天堂飞下来看你。

我有翅膀吗？……没有。所以，很遗憾。我从此无法再看到你。

如果把整个浴缸的水倒出，也浇不熄我对你爱情的火焰。

整个浴缸的水全部倒得出吗？……

可以。所以，是的，我爱你……

——网络文学《第一次亲密接触》

这篇曾在大陆、港台引起巨大轰动的网络爱情文学代表作，为我们提供了新的感情交流和表达模式。其他的，整天发生在眼皮底下的玩意，还用我多嘴吗？

（摘自《读者》2000 年第 14 期，本文有删改）

# 单位结婚证明：结婚不必再让领导签字

李桂杰

2000 年 8 月，新浪网一项有关"结婚需要领导签字吗"引起了网民的极大兴趣，短短四天，网上的留言超过 30 页，留言几千条，很多人在网上坦陈对于这一制度的看法。

网友 Cry 说："我在单位里就是负责结婚签字的领导，荒谬之极。有一次出差一个月，害得一对想结婚的同事错过了分房。还有一次为一个调来前已在老家结过婚的同志签了同意，差点被他原配派人打死。拜托了，赶紧取消。"

还有网友说："我是自由职业者，没有领导。请问我找谁签字？"

在"结婚需要领导签字吗"的讨论热烈进行的时候，我国正在修改《婚姻法》，而且《婚姻法》的修订当时是向社会公开征集意见，由于婚姻与每个人特别是年轻人息息相关，每个人根据自己的切身感受，都能谈出一些与自身利益相关的问题，单位结婚证明一下子成了当时社会上下所瞩目的一个话题。

在 20 世纪 90 年代，青年男女在去民政部门登记结婚之前，需要持一个《婚姻状况证明》；在单位开这项证明之前，需要结婚的人写一个《申请》——向领导申请结婚，由领导签字。

这些领导签字在今天看来都可以保留下来放到博物馆里面展览，因为领导签字是当时结婚程序上一个最具有喜剧效果的环节。在单位领导签字这一栏上，比较传统的、正襟危坐的签"同意"，有人情味的签"恭喜"，还有的干脆就像雍正皇帝的御批："知道了。"当年，小韩的部门主任在小韩的结婚申请上签下了"同意"二字后，不无解嘲地说："你们结婚，我同意不同意有何用？"有人也曾询问过一些单位领导对此项"大权"的意见。他们承认，在面对下属的结婚申请时，不知该写些什么，也不知自己的签字是否具有法律效力，这个字签下去要负什么责任。有领导在，幽默一下就算走完程序了。如果没有领导，这个程序死活就迈不过去，那就真的结不成婚。

20 世纪末，随着中国社会经济生活的不断发展，人口流动加剧，单位人事档案管理及户籍结构出现了很大变化，"单位人"逐渐向"社会人"转变，由单位等开具婚姻状况证明的做法已出现与人们实际生活不相适应的情况。

民政部的负责人在接受记者采访时明确表示，"民政部当时正在进行婚姻登记条例的修改，非常重视民意，对各媒体就此事的报道，还有网友的一些观点，他们全看了"。

2003 年 10 月 1 日，新《婚姻登记条例》实行，结婚不再需要单位或街道盖章出具婚姻状况证明；婚检，也从原来的强制性要求，变为自愿行为。

新《婚姻登记条例》实行的这一天，是个应该被记录的历史时刻。这一天全国各地的婚姻登记处前所未有地热闹，成双成对的新人扎堆儿专等这一天来登记结婚，填一份个人声明、几张表格，短短几分钟就可以领到"结婚证"。新人们脸上洋溢着轻松甜蜜的笑容：结婚完全是件自己做主的事，不必再为了领导同意、居委会证明而尴尬奔波了。中国人的情感自由迎来了一次制度性变革。从原来的《婚姻登记管理条例》改为《婚姻登记条例》，简单名称的变换打下了管理型政府向服务型政府转变的深刻烙印。

若干年以后，网上有关"结婚需要领导签字吗"的讨论早在茫茫的网络中被覆盖，新《婚姻登记条例》的实施，却让人们看到了社会文明以及观念进步的清晰脚印。

（摘自《不会尘封的记忆：百姓生活 30 年》，湖南科学技术出版社 2008 年 11 月版）

# 相亲 20 年

佚　名

　　对于每个中国人来说，"相亲"都不是一个陌生的字眼，几乎所有经历过恋爱、婚姻的中国人都有一段相亲的故事，只不过提法各异、形式不同罢了。每个人大相径庭的相亲经历，无一例外地被打上了时代的烙印。

## 1980 年

　　直观的数字代替了时针、分针和秒针，电子表开始让人觉得有趣和好玩，同时也成为年轻人相亲时必不可少的道具之一。

## 1981—1982 年

　　集体婚礼、茶点婚礼、旅行结婚蔚成风气。街头狂热的迪斯科舞厅，成为年轻人结识新朋友的社交场所。

## 1983 年

"学习张海迪"的活动隆重举行，城市年轻人审美观的变化直接影响了择偶观。好学上进的人品观占了首位，大学生吃香。

## 1984 年

"出国热"在国内许多大城市流行，相亲的行列里出现了"老外"的身影，涉外婚姻开始上升。

## 1985 年

"个体户"走上中国社会舞台，找对象也逐渐不受歧视。中新社消息显示：黄金首饰开始供不应求，"三金"从此成为年轻人相亲时必备的物质条件。

## 1986 年

社会上婚介所兴盛。

## 1987 年

"琼瑶热"开始流行全国，直接的影响是青年男女相亲时，与琼瑶笔下的"灰姑娘"和"白马王子"对号入座。

## 1988 年

资料显示：中国初婚年龄降低，大龄未婚及终身不婚人口比例下降。在上海，青年男女的相亲方式和流行一时的协议离婚一样，开始选择到一家咖啡馆小聚。

## 1989—1990 年

北京市统计局对 50 对新婚青年结婚费用的调查结果显示：北京青年的结婚费用平均逾万元，超过 2 万元的占 6%。年轻人相亲时，钱已成为首要考虑的问题。

## 1991—1992 年

一支以赚钱为目的从事涉外婚介的"国际红娘"队伍，在上海异常活跃，30%的涉外婚姻由他们牵线搭桥而成。尽管这些"国际红娘"为一部分女青年促成了较为美满的姻缘，但由于其相亲方式纯属瞎子摸象、盲目遥控，使部分上海姑娘怨声载道，引发离婚率高、人格受辱、生活受挫折等一系列问题。

## 1993 年

卡拉 OK 在公众场所遍地开花。两年之后，开始走入老百姓的家庭，和后来派生出的青春偶像剧一样，流行文化一直是相亲男女的主要话题。

## 1994 年

这年的年轻人逐渐熟悉了一个陌生的名词"上网",当然这时还没有人能想象到,它给以后的相亲方式带来了一场彻底的革命。

## 1995—1997 年

新引进的美国大片《泰坦尼克号》和《廊桥遗梦》里的爱情童话,打动了无数热恋中的情人。从此,看大片和吃肯德基、麦当劳也成为相亲时的一种形式。

## 1998—1999 年

凤凰卫视的一档节目使整个中国人的相亲形式发生了重大的改变,胡瓜和高怡平主持的《非常男女》在国内数十家电视台被迅速克隆。一时间《玫瑰之约》《我的眼里只有你》等相亲电视节目,使相亲这一原本完全属于个人的生活,成为全国人民茶余饭后的一道风景。

## 2000 年

网络爱情登堂入室,尽管有人说它是爱情的插曲。传统的相亲方式再次遇到彻底的革命。于是,人们不禁要问:"新世纪的中国人还要相亲吗?"

(摘自《读者》2002 年第 2 期)

# 10 元钱能做什么

周 陆

在今天的生活中，钱已成为人们街头巷尾谈论的重要话题之一。这次调查，目的是通过这张昔日面额最大的人民币，折射出今日生活的多彩性。

## 上海：10 元钱很小也很大

在静安寺的海上皇宫，10 元钱只够喝半杯进口矿泉水，而在杨浦区地段差一些的居住区，10 元钱足够你带 6 个朋友上饭馆，一人可以吃一碗盖浇面。

在徐家汇东方商厦，10 元钱只够买下 1 件进口女时装的一粒或半粒纽扣，而在虹口区虹镇老街附近的旧货市场上，10 元钱可以挑上一件八成新的 T恤，说不准还是真的"梦特娇"。

在高档的豫园商场，10 元钱还够不上吃一份冰激凌"天使冰王"，而在闸北区淞沪铁路两侧，10元钱能买上30来根冰棍，贮存在冰箱中吃几周。

在友谊车队的进口豪华车出租价格中，10元钱大约可以让卡迪拉克为你开1公里多一点；在公交公司的车上，如果你坐路程长达20余公里的401路车，10元钱可以从城西南的漕河泾开发区坐到城东北的军工路来回10次，足足有200多公里。

在陕西南路的花店里，10元钱买不到一枝过不了几天就要枯萎的荷兰郁金香；在苏州河边的跳蚤市场，10元钱可以买上一束色彩缤纷而永不凋谢的人工花。

在希尔顿饭店，10元钱大约可以吃到两粒真正美国进口的提子；在曹场路批发市场，10元钱可以买到三四个也是进口但略有破相的水果。

在美轮美奂的太平洋百货，10元钱很难买到一张生日贺卡；在福民街，如果你有耐心寻觅，10元钱可以买到10张不错的贺卡。

## 西安：10元钱吃掉最好

10元钱在西安人眼里是一张不大不小的钱币。揣上10元钱一般够打一次的士。西安不大，进一次城，回一趟家，一般不会超过10公里，5元钱起步的拉达、奥托3公里后才开始跳表，每公里1.2元。计价器如果超过了10元钱，那说明你已经穿过了小半个城区。西安的出租车价格可能是全国最低的。

10元钱能吃一顿挺不错的饭，不是早餐，而是午餐、晚餐。有太多的风味食品供10元钱去选择。标准的老陕午餐：一碗羊肉泡馍5元，外赠一小碟糖蒜，一瓶啤酒或二两白酒2.5元，一盘凉菜，最后还会有一碗清汤免费赠送。一餐饭有酒有肉有菜有汤，味道不错，绝对十足饱。

10元钱还能吃什么？多了，在满街的夜市上，各种各样色香味俱佳的食品在等你——可以买50串烤羊肉串（你可以要求只要瘦肉或肥瘦搭配，也可以要 30 串肉加 20 串腰子，牙口好的干脆要上 50 串板筋）。可以要一碗八宝稀饭或八宝醪糟 2.5 元，再要 4 个油炸柿子饼 4 元，再加一份糯米豆沙加芝麻外浇蜂蜜的凉糕 2 元，还剩 1.5 元可以带一份蜂蜜凉粽子回家。

10 元钱还能买——半斤最好的腊牛肉，7 碗女人永远吃不厌的凉皮，3 大碗手工岐山面，等等，等等。

## 香港：10 元钱只是枚硬币

香港人把港币"元"叫文，10 元即 10 文。

罗小姐（23 岁，秘书）：10 文可以做什么？去发廊给小费都不够，搭地铁过海去尖沙咀只有单程还返不回呢。

阿艳（23 岁，文员）：在香港北角街边，10 文可以买一个好漂亮的纸巾盒，3 只塑胶漏篓，一排晾衣夹；在日本家居市场，9 文 9 毫就可以买到一份东西：牙签、头饰、衣架……

芳姐（40 岁左右，清洁女工）：一家开销，10 文真没用，仅菜场兜一圈解决一日三餐，好几个 10 文都不够。清洁女工一月工资 1500 元左右，每天工作 3 个钟点，50 元上下一天。10 文，我差不多要做足半个钟点，十分辛苦的。

梁先生（40 来岁，部门经理）：现在开车过海底隧道都要 20 多文了。10 文纸币变成 10 文硬币过年封利士都拿不出手。10 文有什么用？哦，街边花摊上可以买一扎花去哄老婆开心。

小莉（20 岁，文员）：一些店铺清货大拍卖，可以买到 10 文一支的唇膏，不过近日报纸讲这些廉价杂牌唇膏会致癌的。

小范（男，20 岁，北京新移民）：10 元港币没有 10 元人民币经花。10 元人民币在北京，可以供两人吃一顿不错的早餐：油条豆浆。在香港，10 元钱只能买到一个饭团。北京 10 元钱就可以搭的士，香港的士起价就 14 元。

在湾仔的街心花园，可看到一溜退休老人呷着饮料，阅读厚厚的一叠报。饮料 3 元多，报纸 5 元，10 元不到，即可拥有一段悠闲自在的时光。

## 深圳：10 元钱可干的事太少

在"情人节"那天，10 元钱可以帮你买到一枝玫瑰花，带刺的那种。

10 元钱也可以让你饱餐一顿。当然是在街头巷尾某间大排档。

10 元钱，当然谈不上炒股，但在这个股风盛行的都市，它却可以使你拥有一本《股市动态》和一瓶矿泉水。

10 元钱，还可以让你拥有福利奖券的 5 组号码。

如果运气够好的话，你还可以在东门老街的商品大减价时，用 10 元钱换来一件 T 恤。

一门心思想找个地方玩乐的话，你只能到那个闻名遐迩的"大家乐"舞台，这是全深圳最便宜的娱乐场了。

最近在林林总总的街头广告中，还出现了所谓 10 元包住宿的广告语，许多人因此相信这是 10 元钱在深圳的最新用法。

当然，10 元钱，你可以在深圳喝足 3 瓶矿泉水；坐一次没办法让你到达目的地的出租车；可以怯生生地在酒吧里要半杯可乐；可以在医院挂一次号……

在深圳，10 元钱干不了什么。

## 广州：10 元钱的用处要仔细找

10 元钱能在广州干些什么？土生土长的广州人第一反应是："能买 4 包羊城烟。"一位阿伯说："能买一斤瘦猪肉。"一位阿姨说："能买一张专收男士门票的迪士高酒吧门票。"一位 20 岁广州仔说："能打 3 公里左右的的士。"一位写字楼小姐想了半天说。

在广州打工的外地人对 10 元钱花费几乎众口一词："能在街口买份盒饭。"

10 元钱曾在相当长的一段时间是中国最大面值的人民币。老广州人纵谈 10 元钱面值的演变,一副吊古追昔的情怀:早几年,10 元钱可以让一对情侣看一场电影,还包饮料。现在连一个人看场电影都不够,最多够一个人看一场旧香港录像片,录像厅还得在巷子里。

从横向看,10 元钱在广州不同地方不同时间,它的"价值"不同。

10 元钱在三口之家可做一顿晚餐,包括一荤、一素、一汤。

10 元钱在酒楼里只能买到一小碟花生。

## 大连:10 元钱吃、穿、玩三部曲

1 元起价,5 元吃饱,10 元吃好,亚惠快餐让你享受一顿美餐。

只要你有 1 元钱,便可以成为王子饭店的座上宾,更何况 10 元钱呢?

10 元钱中午在拉面馆可以吃两碗味道不错的牛肉面,保你吃个饱中饱。

10 元钱可以让你做一次东道主,请 5 个人吃一顿煎饼果子,每人 2 元,喷香麻辣好口味。

10 元钱在街头地摊上能买到 3 双普通的袜子,穿一冬是没问题的;还可买一件低廉的弹性背心,钱略有剩余。

在"大减价"的喊声中,花 10 元钱可买一件 T 恤。

大商场里购买穿的,10 元钱只能是零头里的零头。

最划算的要数花 10 元钱在大连坐 5 角钱的无人售票车 20 次,尽享北方香港的昼夜美景。

如今的 10 元钱看场电影可以想想,实际到门前还得再补 5 元钱。

对民工而言,10 元钱最大的用处是在街头录像厅里稳稳当当地坐一宿。

10 元钱可买一张到劳动公园或 3 张到星海公园的门票，在饱览海边风光和林间幽景后可尽情散步于其间，享受大自然的美。

## 北京：10 元钱的 15 种用途

1. 吃一顿快餐（半只鸡腿、一碗饭、一碟泡菜、一碗汤）。

2. 买一身衣服（一个背心 3 元、短裤一条 3 元、拖鞋一双 3 元——许多建筑工地打工仔装束）。

3. 坐 10 公里（相当于绕故宫 3 圈）的"面的"。

4. 坐人力三轮车绕天安门广场一圈。

5. 买一支名牌牙刷。

6. 买一节 BP 机碱性电池。

7. 看一场普通的国产电影。

8. 在普通餐厅喝一扎生啤。

9. 在医院挂一个全国知名级医生的"专家号"。

10. 在星级宾馆付给服务员的一次小费。

11. 雇钟点工擦两个钟点的窗户。

12. 随地吐痰罚款两次。

13. 印一盒最简单的名片。

14. 情人节那天买一枝玫瑰。

15. 租两盘录像带。

（摘自《读者》1997 年第 9 期）

## 飞跃球鞋与梅花运动衣

贾 维

飞跃球鞋诞生于 1959 年的上海胶鞋一厂，如今则归属于大博文鞋业。据记载，飞跃球鞋的工厂最为壮大时，有 2000 多位职工在连成一片的二至三层的车间里工作。在这个庞大的车间里，一双飞跃球鞋要经过上底、压制、绷线、刷浆等多道工艺。简洁的设计、舒适的脚感以及出色的质量，让飞跃球鞋在第一年便生产 161.6 万双，并在 1964 年被评为全国同类产品第一名。

时光进入 20 世纪 90 年代，电影《霹雳舞》让中国的年轻人第一次见到了那个有个五角星的品牌匡威，而耐克、阿迪达斯们也开始在青少年文化中攻城略地。曾经辉煌的飞跃开始渐渐淡出年轻人的视线。飞跃甚至都没能注册成为一个商标，当派特斯来跟大博文鞋业谈飞跃的合作时，大博文鞋业的领导甚至带着一脸疑惑——他们没有意识到，自己手中握着的不仅仅是一双鞋。

幸运的是，如今以给国外知名品牌代工为生的大博文公司，并没有停产他们最经典的款式。飞跃球鞋的设计非常轻便贴脚，至今仍是不少人眼中的最佳足球鞋。

梅花运动服同样是属于几代人的流行时尚记忆。电影《颐和园》中，男女主人公参加大学舞会，昏暗的灯光下放眼望去，到处是穿着蓝底白道运动服的男生。对20世纪70、80年代还有记忆的人一定会对这种运动服感到无比亲切，这就是如今几乎已经绝迹的梅花牌运动服。

生产梅花运动服的天津市针织运动衣厂是中国最早生产运动服装的专业厂家，因此，梅花牌曾经创造过非常辉煌的历史。在20世纪90年代中期之前，梅花牌是那一代运动员的共同选择。当年，郎平们就是身着梅花牌运动衣击败了身穿"三叶草"的"小鹿纯子"们的。

有考据癖者会发现，梅花跟阿迪达斯20世纪中期的经典款非常类似。事实上，那个年代模仿国外产品设计在中国所有工业领域都是很常见的现象。虽然源自模仿，但很多国产的产品在细节和品质上也都不输于国外品牌。比较经典的款是那种大翻领的运动服和运动T恤。此种设计常见于20世纪六七十年代欧洲的足球运动衣——球迷们印象最深刻的当属20世纪90年代曼联的灵魂人物坎通纳，这位法国球员的竖领Pose是其最为经典的造型。梅花在当年这种传统的运动服款式的基础上有所改进，使之成为全世界穿的人最多的运动服装款式。另外不能不提的就是当年梅花上常见的"中国"或"北京"等字样。这些字样往往都是各级运动队在发订单时写明的，一般为黑体或楷体，印在背面和左胸部分。除了国家队和省级队，各级工矿企业、机关运动队也照此办理，能够穿着一件单位运动队的队服去食堂打饭的小伙子，往往会成为姑娘们心仪的对象。2008年北京奥运会前，耐克、阿迪达斯不约而同地出了印有"中国"字样的复古款运动服，其中耐克的还命名为"1984系列"。没错，当年参加洛杉矶奥运会的跳高选手朱建华就是耐克赞助的。可那届奥运会上，许海峰则是身着印有"中国"字样的梅花运动服拿到了第一枚金牌。梅花的影响力还因此辐射到了国外，1990年的北京亚运会上，朝鲜代表队仍然身着中国产的梅花运动服。梅花运动服不但是 20 世纪 80 年代中国精神的象征，而且也是西方眼中社会主义阵营的标准运动装备。

如今的梅花回潮，年轻人们将"80 年代""社会主义"乃至"摇滚乐""另类文化"等不同的元素和文化都附加在了这个品牌身上，甚至还出现了一批诸如 FAI 等仿梅花的独立品牌。原版的梅花运动服已经非常难找，天津市针织运动衣厂早已被个人承包。另外也有消息说，梅花已经被阿迪达斯收购。这个消息，很难说是好是坏。

（摘自《读者·原创版》2009 年第 7 期）

# 90 年代：出门打车就打"黄面的"

佚 名

"哟！老王！这大包小提溜的去干吗去啊？"

"昂，哈哈，去看看孩子的奶奶去。"

"这么多东西挤公交可够使得上的。"

"不挤那玩意儿，出门打个面的！"

面的是微型面包的士车的简称，在 20 世纪 80 年代末 90 年代初广泛应用于中国的出租行业。

上面的对话相信很多济南人习以为常，改革开放的 80、90 年代，在济南市的大街小巷到处都可以看到黄色的面包车飞驰。

## 面的与皇冠

90 年代的济南，当时路上的车还没有现在如此之多，除了公交车，路上最多的便是"黄面的"了。站在路边一招手，带有"空车"字样的"黄面的"随即停在身前，司机车上一伸手只听得"哗啦"一声响，后门早已拉开，上车后乘客说出目的地，司机"大手一挥"按下计价器，点火，松离合，加油，出发！当时起步价5元，每公里0.5元的价格，老百姓普遍还是能够接受的。在"黄面的"还没有普及之前，出租车可是非常少的，而且还都是"皇冠""波罗乃兹"等车型，一般人是消费不起的。当时有句形容有钱人的顺口溜："腰里别着BB机，出门坐车得是的。"

然而黄面的没有普及的时候，出租车司机可是令人羡慕的"成功人士"，当时国家的汽车出租属于"计划调配"时代，出租车公司归国家或者集体所有，出租车司机可是"铁饭碗"，不仅待遇好，而且出门还有车开，一时间出租车司机是人人都想干的职业。后来黄面的的诞生使得出租车司机从一个一般人遥不可及的行业变成了社会普通行业。小品《皇冠与面的》里面演绎的就是当时的两种出租车司机：一种是有着"铁饭碗"的皇冠司机，他们衣着光鲜，派头十足；另一种是每天睁眼就得出车交"份儿钱"的黄面的司机。

## 份钱的由来

1992年起，北京市提出"一招手能停5辆出租车"的奋斗目标，允许民间资本进入。一大批私企加入，司机找出租车公司购车，一切经营费用都由司机自己打理，按月上交800~1500元的管理费，"份儿钱"由此而生。

说起来"份儿钱"只是老百姓的俗称，真正的叫法应该是"承包经营管理费"。承包制下的出租车司机就没有以前那么风光了，举个例子：一位出租车司机一个月毛利8000元的话，扣除油钱还剩6000元，这剩下的6000元里有交给出租公司的使用费3000元（包括车的租金以及公司品牌的使用权），剩下3000元就是司机的收入。算来与一般的上班族并没有什么两样。

## 面的时代的终结

90 年代末期，一种新型的出租车出现在济南的马路街道上，新出租的车型一改以往笨重的面包车，改用时尚的轿车车型，因其乘坐舒服、速度快的特点，逐渐代替了"黄面的"。老百姓把这种出租车叫作"轿的"，意思是像坐轿子一样舒服而有面子。而司机师傅也乐得更换新型的出租车，"黄面的"慢慢被淘汰，只能存在于人们的记忆里了。

（摘自微信公众号"百家号"，2016 年 12 月 26 日）

# 被遗忘的城市符号：公用电话亭

加 菲

　　"城市，让生活更美好。"几年前，上海世博会的这句主题语随着"举国办世博"的热情传遍中华大地。不过，对很多中国人来说，这句话在今天咂摸起来，或许比几年前让人感触更深。

　　短短几年间，中国的城市人口历史性地超越了农村。虽然各城市的房价不断刷新着人们的心理认知，城市人群的贫富分化触目惊心，交通拥堵、大气污染等"城市病"让人揪心又无奈，但这一切都无法阻挡越来越多的人，尤其是年轻人涌入城市——更好是大城市、最好是特大城市。

　　城市，正以现代人无法抗拒的魔力像磁铁般吸引着人口、资源、财富、关注度、话语权和其他一切。

　　新老市民们乘坐疾行的时代列车，逐渐将乡村遗忘，而在我们生活的城市内部，同样也有不少我们曾经熟悉的东西不再被牵挂。这些城市的符号就像你已经多年不联系的初恋情人，虽然依稀还有记忆中的模样，但擦肩而过的时候却已形同路人。它们就这样一次次掠过你的眼，却已走不进你的心。

说到最快被遗忘的城市符号，恐怕要首推公用电话亭，它们对大部分 80 后甚至 90 后来说都绝不陌生。

80 后们读中学或大学的时候，手机还未普及，最受大家爱戴的即时沟通工具设备就是公用电话亭。几乎每个中学生和大学生都能对校园里有几个电话亭、每个电话亭的具体位置如数家珍，就差在地球仪上标出经纬度。

晚上 7 点到 12 点是公用电话亭最受欢迎的时段，每个电话亭里都有一个正在窃窃私语的幸运儿，聊天的声音低得就像是在和本·拉登谈军火生意。等在外面的则是几个或十几个排着队、差不多已经气急败坏的倒霉蛋，个个伸长脖子，望着打电话那个人的后背，期待他的 IC 卡早点显示"余额不足"。而每当那家伙抽出用完的电话卡，志得意满地掏出一张备用的新卡插进卡槽，就总有几个彻底绝望的人愤然离去，然后排在后面人欣喜地补上他的空缺，那感觉和机关里的副职欣闻上司被"双规"差不多。

校园外的公用电话亭同样受欢迎，走在路上有什么急事需要打电话，或者在外务工的人劳碌了一周想听听家人的声音，只要走几步路，就能看到圆头圆脑的电话亭。这里的电话握上去手感厚重，通话音质清晰，扣费童叟无欺，实在是绝佳选择。那年月，大家人手一到两张 IC 卡，普及程度绝不亚于现在的公交一卡通。卡上的图案也相当精美，以至于有段时间，收集电话卡也和集邮一样甚为流行。

为了方便更多市民，很多城市花费巨资，新建了不少新电话亭。这些颜色鲜艳，造型可爱的电话亭守在街角，方便了无数人。

可紧接着，手机以迅雷不及掩耳盗铃儿响叮当之势迅速普及，才经过短短几年，曾像恐龙称霸地球一样"称霸"城市的公用电话亭，如今已风光不再，除了紧急情况下避一下雨，它们已被彻底遗忘。你走过它，路过它，完全无视它的存在。

尽管在北京，用公交一卡通在公用电话亭打电话，话费低至长途 1 毛钱每分钟，却一点也无法迟滞它淡出人们视野的速度。公用电话亭被遗忘的速度有多快？或许你可以问自己一句：上次我用公用电话是在什么时候？是的，恐怕你自己也已然想不起。

或许在不久的将来，公用电话亭就将作为文物放进中国电信博物馆，成为供后人缅怀的遗迹，要知道，这距离它们遍地开花的辉煌岁月，不过短短二三十年的时间。除了感喟时代的变迁，公用电话亭——它们可曾在你的心湖中荡起点点涟漪？

（摘自微信公众号"麦步时光"，2017年9月20日）

# 电报：消逝的电波

李桂杰

过去，有个急事儿，人们首先想到的是拍个电报。然而，今天随着手机、网络的出现，让人们依赖已久的电报已经从生活中消失，如今的电报已经演变成挂号信。

2494248004510079……这几组简单的数字是什么意思？2008年，51岁的北京南区邮电局邮购公司经理王崇华会告诉你，这是"明日到京"。从19岁起他就在邮政局的电报柜台周而复始地从事着"滴滴答答"的工作，今天随着手机、网络的出现，王崇华发现，电报离普通人的生活越来越远，并且逐渐地退出了历史舞台。

1974年王崇华进入北京邮政学校电报班学习，从那时候起，4个数字为一组的编码经过不同的组合全部印到他的脑子里。他说，当时要求每分钟至少要录入80个汉字，必须熟练掌握3000多个常用汉字电报码。他回忆起当时使用的是邮电部上海器材厂生产的55型电传机，"这样的机器今天只能到博物馆里才能看到了"。进入 20 世纪 90 年代，电传机逐渐被电脑取代，发电报的人也越来越少，直至很多 90 后的小孩根本不知道电报为何物。

"'窗台下那盆兰花长得还好吗？'写下这句话，王小兰女士眼角已隐然有泪。"在媒体的报道中，这是 2002 年成都发往我国台湾地区最后一封电报的报道。2002 年 8 月初，中国电信停止受理中国内地到新加坡及我国台湾地区的公众电报业务。2001 年的 8 月份，"加急电报"一词从中国电信的业务列表中悄然消失。

与听声不见字的电话相比，以文字为元素的电报带给人们的是更深沉的情愫。发出成都市最后一封去往我国台湾地区的电报的王小兰表示，虽然现在电话、电子邮件等很方便，但多年来她对电报情有独钟。因为电报"就跟信一样，白纸黑字，捧在手里，看在眼里，觉得踏实"。

和王小兰的感觉一样，电报曾经和每一个中国人的生活息息相关。

一位邮政职工说，10 多年前，电信厅里的电报窗口常常排起长龙，尤其是逢年过节或遇有突发事件，电报窗口 24 小时连轴转也常常忙不过来。

30 岁以上的人可能还有这样的童年记忆：经常听见邮递员在家门口高喊："某某，电报！"

谈起电报，今年已经年过半百的张天寿有着深刻的人生记忆，他说："今天，我那昔日贫穷老家的 90% 的家庭都安装了电话，还有近 30% 的年轻人配上了手机；不要说是家庭富裕的大学生，就是一些普通家庭在外地读书的中学生都随身带着电话。不仅大小事打电话联系，平时没事时也可以随时打个电话报个平安、摆摆家常。这可是 30 年前想都不敢想的啊！"

张天寿的老家离镇上有三公里多，可谓边远闭塞。记得 1978 年的初春，他这个当了六年小学教师的知识分子回家过春节。村中一位年近花甲的老表姐病重，十分想念远在北方当兵的小儿子。当时根本没有电话，农村的分分钱都特别珍贵，写信虽然只花几分钱，但又恐来不及；发电报要多花点钱，但及时，他们全家和村邻们商量后决定发电报，这拟电报的事自然就交给我了。

电文既要告明事由，又要精练，经过他和亲戚们的反复推敲，电文为："母病危，速归。"

电文拟好后，家里的大表侄拿出皱巴巴的 5 角钱请他去邮电所帮忙代发。于是，张天寿一路小跑到镇上完成了这个光荣的使命，而且没有收下他们的钱，有关电报的这一点点情意，至今还被亲戚们感恩于心。

凡是经历过电报时代的人，大多还记得在寥寥数言的电报文字中，出现频率最高的字眼往往是"盼接""平安到达勿念""家有急事速归"一类的字眼儿。有人风趣地归结，写电报契合中国人崇尚简约的文风，并把这种"简约"极端化。因为电报是按字数计费，人们惜墨如金，像"春节家走，28 接 163 次"一类，今天的新新人类看上去如江湖黑话。因此，电报淡出，在一些人看来，还意味着"与一种特殊的说话方式告别"。

电报曾经给人类带来"上帝的奇迹"。1844 年 5 月 24 日，华盛顿国会大厦，美国人莫尔斯用他那因激动而颤抖的手，操纵着倾注 10 余年心血研制成功的电报机，向巴尔的摩发出了人类史上第一份有线电报："上帝创造了何等奇迹！"——地球成为一个"村庄"的历程由此起步。

在新中国成立之后拍摄的很多战争影片中，电报是很重要的通信手段，电报那"滴滴滴"的声响中有一种特别的、令人怀旧的味道。

电报在一些时候还可能是一种浪漫的回忆。40 岁的杜君说，他至今还清楚地记得那部经典的《霍乱时期的爱情》。在书中，男主人公穷尽一生执着追求女主人公，联系他俩的"鸿雁"，正是那绵绵不绝的一封封电报。杜君说："这是迄今我见识到的最浪漫的爱情！"

老四曾经在镇邮电所工作多年，他感慨地说，自己虽然曾编译过若干个电报，但自己因为私事却没有使用过一次，现在想起来有点后悔，当年给妻子写情书时，要是把满页的情书换几行电报该有多好。

而让张潇最难忘的记忆是，自己上小学的一个同班同学总是会拿着电报到班上炫耀说他当兵的爹要在多少号多少号回来。那时候，电报虽然就是一张纸，上面按着格子写了几个字，但是电报带给他们的那种急迫感和神秘感却一直延续到今天，让人感觉既十分羡慕，又心生好奇。

现在电报是不见了，一个职业的消失，标志着一个时代的结束。

让电报一步步踏上不归路的是电话的普及，及由此滋生的传真，之后是手机、电脑、因特网，是转瞬即到的手机短信、电子邮件。通信手段一天天智能化、网络化，电报便随之一天天成为传统、滞后、老掉牙的标签。

有关统计表明，截至 2001 年，国内各地的电报发送量跌至历史最低。北京邮电业在电报最火的 1990 年前后，全市年发送量为 4000 多万份，2001 年跌至 3 万余份；在上海，如今每月电报量剧减为 1988 年高峰时期的 1%。一些省会如成都、南京，目前仅保留一家电信营业厅开办电报业务，前来发电报的顾客少之又少。就连办了 20 年的央视春节联欢晚会的保留节目——念各地祝贺电报，从 2001 年春节起也被念邮件所替代。

据了解，不独中国，冰岛、芬兰、德国、瑞士、瑞典、新加坡等国近年也纷纷结束电报业务，即便保留，也大多限于贺电和唁电，它们的服务对象也多是偏远地区用户或是习惯传统的老人们——一些边缘人群。

有人感慨，电报退出历史舞台，其实是一种生活方式的消亡。

宣称"电子邮件通信带给我喜悦"的一位网络写手说，电报消亡使他伤感。他认为，没有一种通讯方式，给人的感觉比电报还郑重。这份郑重，来自它的成本和简练。它曾经在几个年代里承载了我们太多的期待和诉求。

（摘自《不会尘封的记忆：百姓生活 30 年》，湖南科学技术出版社 2008 年11 月版）

# 闲聊 90 年代的那些广告片

卡斯卡斯

## （一） 温 情 篇

80 后生人总是对 90 年代拥有特别的情愫。

的确，在那个十年中，包含了 80 年代人几乎整个少年时期。

那是一个社会剧烈转型的十年，也是你我崇拜四大天王的十年。是从基本温饱转向部分小康的十年，也是偷偷迷恋时髦姐姐，暗恋潇洒哥哥的十年。是从家里只有手电筒转向空调、彩电、微波炉的电子化十年，也是我们想尽一切办法打街机、游戏机、电脑的十年。

作为大陆改革开放的头十年，90 年代充满机会与变革，但是大部分人依然保有传统而古老的生活方式。流行与传统并存的价值观也在那十年间不断相互碰撞，足以给少年时期的我们留下深深的印记。

这些印记中，我相信一定有一部 90 年代的广告片在你心里扎过根。那么就让我们打开尘封已久的记忆，看一下，在一个没有数字也没有社交的年代中，广告前辈们是如何用一个又一个精彩故事和绝妙创意，打动我们的。

## 史上最大牌的微电影——《百年润发》

《百年润发》讲述了一个重逢的故事。

因为年代的关系，这个故事我们现在看来只是杜撰。

毕竟，戏班、马车、小镇、堂会，这些离我们太远，但是不要忘了在你我父母那个年代，可能就是他们真实发生过的人生。

总之借古抒情的故事架构，周润发的出色表演，配乐精到，京剧元素更是提升文化品味。我简直挑不出任何毛病。短短一分钟的广告不但与产品气质完美相符，甚至还拔高了其文化内涵。

再看广告词：

如果说人生的离合是一场戏，那么百年的缘分更是早有安排。

青丝秀发，缘系百年。

不可否认 90 年代好文案所具备的文学底蕴，并不是现在那些 4A 公司（广告代理公司）写写品牌公众号的小文案可以比拟的。

总体来说《百年润发》是一个寄托于好故事下的微电影式广告。这类广告，故事可能比创意更重要。而一个好故事有多大的力量，我无法具体描述，但是下面这段文字可以说明一些：

该广告的成功传播，帮助"100 年润发"在宝洁、联合利华等众多国外大公司把持的洗发水市场中开辟出了新天地。当年的市场占有率提升至 12.5%，仅次于"飘柔"，位居第二。

这些都使得"100 年润发"成为 90 年代中国市场上最成功的民族品牌洗发水之一。

## 一看就馋的广告——《南方黑芝麻糊》

由于画质的问题，我选用了 2008 年汉狮广告的重制版本。

"小时候，每当听见黑芝麻糊的叫卖声，我就再也坐不住了。"1992 年，中国观众被这句广告词与小男孩舔碗底的画面所打动。

在我看来这款广告的故事其实相对于《百年润发》要弱，但是其成功的地方在于塑造了三个可爱而真实的人物和一个温情脉脉的场景。

馋嘴的小男孩，温情的大婶（可能是妈妈）与爱笑的小女孩在一个南方古镇。橘灯瓷碗，木门布衣，当热气腾腾的黑芝麻糊被盛入碗中，一缕白气冒出，观众们仿佛也尝到了芝麻糊中一股香甜浓稠的温情。

"一股浓香，一缕温暖，南方黑芝麻糊。"广告结尾语出来，小时候的我早已口水涟涟……其实之前我并没有吃过黑芝麻糊，但是这则广告让我认为，黑芝麻糊是人间极品的美食，每每去超市都会去货架找一下。

这就是这则广告的力量，让人一看就馋。

## 柯达最后的记忆——《柯达一刻》

在"胶卷时代"曾占据全球 2/3 份额的柯达已走向没落。早在 2003 年，因为胶卷销售开始萎缩，柯达传统影像部门当年销售利润就从 2000 年的 143 亿美元锐减至 41.8 亿美元，跌幅达 71%。

随着进入新千年后，散布在中国各地的柯达门店逐渐关闭，坦白地说，这则 90 年代经典广告就是我对柯达的最后记忆。

《柯达一刻》是当年上海奥美的代表作之一。广告片用了三个妙趣横生的故事，串起幸福生活的点滴。若干年后，当孩子成了父母，父母成了老人，再来一同打开相册，看看过往的欢乐时光，寻找一家人共同的回忆，这可能就是中国人的幸福观。

不得不佩服 90 年代广告前辈们的精准拿捏。

另外主题曲也加分颇多。

歌词：

这一刻，多温馨，甜的笑，真的心……就让这一刻……别让它溜走……

属于你的家庭欢乐，柯达为你记录。

欢乐一"刻"和柯达的"柯"形成很妙的双关语，再一次体现了90年代广告文案的功力。与先前两则温情广告不同，《柯达一刻》的情感来自于未来，而非怀旧。回顾与子女间的欢乐时光，用照片记录下这一刻，时过境迁之后的未来与家人分享。

生活的美妙记忆都有照片为我们记录，而唏嘘的是，柯达却可能永远留在了人们过去的回忆中……社会总是这样不断地进步更替。

90年代，新型商品的不断涌现，消费市场日趋成长而丰满，包括电视走入千家万户，这些都使得电视广告在中国大陆这片土壤上，拥有了开枝散叶的良好条件。

在那个改革开放之初的十年，经济进入腾飞阶段，人心也开始变得躁动与不安，对现代生活理念的向往与生活在小镇、乡村、里弄、棚户的现实又相互矛盾，资本主义商业规则对传统文化的强烈冲击等等……人心浮动的年代，拥有人文主义关怀精神的广告人显得格外珍贵，也许就是这种人文关怀精神，安抚了剧烈变动中普通人们的不安内心。这也是为什么，温情的广告总是带给我们更多感动的原因。

## (二) 幽 默 篇

幽默不是一件容易的事，尤其是对中国人来说。

把幽默这个词引入中文的林语堂就曾经说过："我并非第一流的幽默家，而是在我们这个假道学充斥而幽默则极为缺乏的国度里，我是第一个招呼大家注意幽默的重要性的人罢了。"

的确，在中国几千年的文化长河中，幽默所占的比重少之又少。虽然也有如《西厢记》《李逵负荆》等经典喜剧，但是其主要构成还是民间的那些说书人的风趣故事，以及清朝中期形成的相声艺术。这和中国文化密不可分，中国一直是个官本位的社会，在这样一个等级森严的社会里是很难产生幽默感的。久而久之，这种森严的等级制度被深刻地印在中国普通百姓们的心中，仿佛一副冰冷而无形的镣铐，锁住了人心，也锁住了每个人与生俱来的、该有的幽默感。

可见幽默是一个社会进步的标志，而拥有幽默感的社会是融洽的、繁荣的，这一点在 20 个世纪 90 年代被很好地体现。

我记忆最深刻的，就是在那个 10 年中，人人喜闻乐见的是春晚小品与相声。也是在那个 10 年中，香港无厘头、台湾喜剧与国外情景喜剧进入中国，随之而来的文化冲击也击打着中国人的传统价值观与固化的思想。但可惜的是，虽然幽默与喜剧已经有了广泛的群众基础，但是 90 年代优秀的喜剧类广告还是少之又少。分析原因可能是在当时有实力做电视广告的企业，要么是国外品牌，要么是比较大的国产品牌。国外品牌不太会做中国式的幽默这也难怪，而国产大品牌刚刚摆脱了土气与廉价的刻板印象，正想着往国际化大品牌的方向靠拢，而幽默的喜剧风格过于亲和，不利于大品牌的建设。

虽然幽默的广告在 90 年代是稀缺品，但是我们依然可以看到一些优秀的广告人，在尝试与开拓这条创意之路上所付出的努力。

下面就介绍三部优秀的 90 年代幽默类广告片。

### 葛岭是谁？我只认识双汇——《双汇火腿肠》

冯巩：东宝，想谁呢？

葛优：想葛玲。

冯巩：别想了，我给你介绍个新朋友，双汇。

冯巩：还想葛玲吗？

葛优：葛玲是谁？

双汇火腿肠，省优，部优……葛优。

《编辑部的故事》绝对是当年最热门的电视剧之一，其中吕丽萍饰演的葛玲一直是葛优饰演的东宝的梦中情人。

广告也巧妙地运用了两人之间的关系，并且加上当年在春晚小品走红的冯巩，达到了一种小品式的喜剧效果，在引人发笑的同时，也令人记住了"双汇"这一品牌。

短小精悍的广告结构，恰到好处的分寸拿捏，加上两位优秀的喜剧演员自然不做作的表演，使得该广告不仅在当时，而且在 20 多年后的今天看来，依然十分可乐。

可以说《双汇火腿肠》的广告是 90 年代中国幽默类广告最经典的代表作，也是广告结合中国式喜剧表演最成功的案例之一，值得现在的广告人学习。

## 喂，小丽呀——《步步高无绳电话》

"喂，小丽呀……"

这部类似舞台剧一样表演的广告，是喜剧的另一种形式。主人公略显浮夸的肢体，搞笑的表情，对着电话，他失望与无奈，焦急与等待。当心上人的电话打来，他腾空飞跃，接住电话，一脸欣欣然……标准的小男人形象，顿时深入人心。最妙的是广告完美地结合了产品的卖点——拥有来电显示功能。

《步步高无绳电话》其实在我心里并不是一部非常非常优秀的广告，其实在创意与剧情上觉得只能算中上，而且如果不是特别熟悉这种表演形式的观众甚至会感到一丝尴尬，但是不可否认，在当时这款广告的流行程度是巨大的，包括我父母这一辈，他们都很喜欢。"小丽呀"更是一度成为调笑的流行语，这也是我收入文中的原因。

## 你还有百事可乐吗？有，有，有——《百事可乐》

终于有一款百事的广告了，也终于有一款四大天王代言的广告了。这部90年代末的经典百事广告加上颜值正处巅峰的郭天王、时尚男女调笑的桥段，动感的配乐，活脱脱一部都市轻喜剧。

当90年代末，改革开放初见成效，全国城市化进程加速，而对于上海、北京、广州、深圳这些城市的人们来说，香港就是他们学习的榜样。那些经久不衰的都市传奇，邂逅浪漫的爱情故事，都是那个年代在都市打拼的年轻人所向往的，所以百事广告带来的不只是一段幽默的爱情故事，更是当时年轻人对都市生活无法抵挡的诱惑。

90年代的中国人在改革开放的洪流中逐渐摆脱枷锁，也逐渐学会幽默，林语堂口中那个缺乏幽默感的民族也在新千年后迎来了娱乐业、电影业的繁荣。但是，经济的发达与都市化的进程几乎不可避免地造成人们情感的缺失。当我们逐渐发觉那些看似走心的广告无法打动我们，而幽默搞笑的广告也无法令我们发笑时，是不是应该考虑到底广告哪里出了问题？又或是我们哪里出了问题？

（摘自"简书"，2017年3月7日，3月15日）

## 新中国半个世纪春节点击回放

佚　名

## 五十年代

**生产一线过春节：**1958 年除夕，最热闹的要算十三陵水库工地。2.7 万名民工、官兵、干部、学生的劳动歌声响彻了大年三十的整个晚上……50 年代的人们最爱说一句话："劳动最美。"

**年饭：**几斤肉快活吃几天。1957 年 2 月 3 日的《北京日报》上有一篇文章，题目为《一户普通人家的大年夜》，生动地记录了当年普通老百姓家的大年夜：

三十晚上，我到一户朋友家去串门，还没进屋，就听见大人、小孩们的一片笑声。原来是主妇鄂老太太两个出嫁的女儿带着外孙回娘家来了。两个儿子、一个儿媳、两个孙儿也都在家。一家团圆，怪不得这么热闹。

我问鄂老太太过节吃什么，她说："我们买了几斤肉、一只鸡、一条鱼，加上点青菜、豆腐，够我们一家子快快活活地吃几天了。"

饭桌上面悬了两个红纸灯笼，把整个屋子映得通红。桌子上放了瓜子、花生、橘子，还有花花绿绿的水果糖。

厨房里，老人的儿媳正准备包饺子，面和了两大盆……

## 六十年代

**年饭**：过节好处是解馋，紧日子里过出好兴致，60年代初的春节因此令人难忘。春节最大的好处是"解馋"，每到春节，有些地方城镇居民每人多给半斤油、半斤肉，每户的购粮本上还能多2斤面粉、1斤黄豆、2斤绿豆、几斤大米，勤快的主妇们全凭巧心思操办全家过年的一日三餐。

集体性是60年代春节的特征。单位发票看电影、操办游艺会、团拜，街道统一发票证、购货本，组织打扫卫生。推开不同的门，每张餐桌上的菜肴是相似的，每个房间的家具摆设是相似的，人们的穿戴是相似的，对生活的渴望也是相似的。

**年话**：老礼全都放一边，不少单位在大年初二组织团拜。大家坐在一起开个茶话会，领导们倡议"要讲科学，不要封建迷信；要勤俭持家，不要铺张浪费；要参加正当文娱活动，不要到处游荡；要坚持生产工作，不要班前喝酒"的春节"四要四不要"，散会后还能用小手绢包回点儿花生瓜子给孩子。

**年乐**：红红炮仗逐个放，"穿新衣，放花炮"，春节是孩子们最开心的日子。攒了一年的布票变成红色、蓝色的灯芯绒或小碎花布，再忙碌、再手笨的妈妈也要踩着缝纫机干到深夜。初一早晨醒来，孩子们的枕头边大都放着一套新衣。平时的衣服都是老大穿小了老二穿，过年了，多困难的家庭都要想办法给每个孩子做身新衣裳，哪怕是旧衣服翻改的也好。

穿好新衣服，等不及吃早饭，孩子们就跑到院子里撒欢了。左手举一小截土香，右手忙着从兜里往外掏小鞭炮。红红的半寸来长的小鞭炮可是宝贝，家里总共给买了一挂100响，从初一放到十五，每次只舍得揣10个出来过过瘾。

# 七十年代

**历经坎坷过春节**：70年代短缺经济下，人的消费主题是"抢购"，要想吃一顿稍好点的年饭，对人有许多要求：好身体、好耐心、早起床等。为了获得丰盛的年饭，人们必须付出"起早贪黑"排长队购食品的代价。

70年代末的春节起了变化。戴着各种"帽子"的人摘去"帽子"，不敢往来的亲友恢复了往来；一色的蓝蚂蚁、绿军装到喇叭裤、西服；一色的样板戏、革命歌曲到流行歌曲，电影从《上甘岭》《创业》到《追捕》《巴黎圣母院》。春节的传统色彩加强了，庙会、传统小吃恢复了，人们嗑瓜子、放鞭炮、包饺子、发压岁钱、互相拜年。人们对亲情、友情、交际的热爱也达到了巅峰。从这个意义上讲，70年代末的中国人可能具有一种前所未有的幸福感。

**年话**：豪言壮语变轻松。70年代前期家家户户贴的春联大致相同："东风浩荡革命形势无限好；红旗招展生产战线气象新。"到70年代末人情味逐渐浓厚，春联有了变化："喜气洋洋过春节；身强力壮迎长征。"时代话语渐趋轻松，相互间多了家长里短的寒暄客套。

**年乐**："拨乱反正"大团圆贯穿。70年代前半期的春节娱乐主题比较单调，革命歌曲、革命舞剧、革命电影，十年如一日地延续下来。1977年情况发生很大变化，春节气氛开始鲜活，有舞会，有诗会，还有文艺晚会、音乐会，甚至有了内部电影。人们不仅可以看到重新露面的《阿诗玛》《桃花扇》《李双双》这样的国产电影，而且可以看到来自国外和中国香港的故事片，可以说是前所未有的开放和丰富。

# 八十年代

**看着晚会过春节**：1983 年，第一届现场直播的春节晚会一炮打响，收到观众来信 16 万封……大年三十，一家人一边包团圆饺子吃年饭，一边看中央电视台的春节联欢晚会。80 年代，中国百姓渐渐约定俗成了这样一种独特的过节方式，学者称之为"新民俗"。

**年饭**：票证淡出菜市场。俗话说过年过在嘴上，生活在 80 年代的人们，饭桌日趋丰富，开始是定量供应的品种增加，接着是集贸市场恢复，凭证供应渐成历史。平时想吃什么，就到市场上买，弄得人们反倒不知道过年该吃点什么好了。

**年货**：新三大件快步来。80 年代，老三大件手表、缝纫机、自行车"光荣引退"，彩电、冰箱、洗衣机这新三大件快步向人们走来，家庭主妇们再也不用为过年大洗累得腰酸背痛，再不用为早早炖好的猪、牛、羊肉变质而发愁。

**年乐**：贪看晚会洋相多，节前"抢购"彩电可称得上 80 年代一景儿。从 1984 年进口彩电供应紧张开始，彩电就成了人们心中的紧俏货。1986 年下半年起，商店里宣告彩电无货，同时出现彩电票。那阵子，节前能买上一台 18 英寸彩电可是件大乐事，但更乐的还在后面：三十晚上一家人早早吃完年饭，预备好记录晚会公布的谜语的纸和笔，然后各就各位。这一晚上，自打赵忠祥一露面，炉子上的水壶开了没人愿去提，想上厕所的忍了又忍，怕错过了马季的相声、费翔的歌，更怕错过了节目间穿插公布的有奖谜语。一番冥思苦想之后，已是大年初一的清晨，第一件事便是寄答案。

# 九十年代

**走出京门过春节**：单看春节期间商家的广告词就知道，90 年代的百姓过年有多忙了，"打个电话拜个年，欢天喜地大团圆""春节不在家，假日列车游天下"。总之，围在家里包饺子看晚会是老皇历了，过节也要过出个性，过出新意来。春节的乐事多了，品戏、看电影、听音乐会，连电视频道也"春运"——节目太多，挤破门槛，想求新求异也不是容易事。

百姓过节的方式一天天变了，休闲度假的意识也一天天增强了，春节在人们的心目中从一个团圆佳节渐渐变成一个度假的好机会，提高生活品质从这个最传统的节日开始了。

**年饭**：家宴挪到酒楼吃。1994 年，春节期间把家宴设在餐馆酒楼成了时尚。到了 1997 年，年夜饭也要预订，订晚了就只好回家自己做了。

**年货**：鸡鸭鱼肉成配角。尽管民以食为天，但在 1994 年的一项调查统计中发现：虽然过年几乎各家各户都要购买食品，但食品的花费还不到春节花费的五分之一，而三分之一的钱被用来交朋友了。吃，已经不是人们过年的主旋律，人们把更多的精力和钱用在了自身建设和交往娱乐上了。

1995 年，必备年货是金童、玉女、财神爷和大大的"福"字。1995 年的年货里还有一样小东西：欢乐球。这是"禁放"之后春节欢乐产品的主唱。上亿只欢乐球在那个春节爆响，既安全又声色兼备。吉祥物也是置办的年货，1996 年小老鼠随处可见，1998 年虎行天下。

**年乐**：旅游过年成时尚。1992 年的年三十，5 个结伴前往哈尔滨看冰灯的年轻人是新闻人物。

1996 年的春节迎来最长的公休假，从初一到初七整整一周，机票价格开始上浮。春节，从旅游的淡季变为"黄金季节"。到 1997 年，旅游过年有钱也难，还在 1996 年 12 月，东南亚以及海南、西双版纳、武夷山等国内路线已爆满。

1997 年贺岁片登场，《编辑部的故事》续集《万事如意》，除夕之夜在全国 30 多家省级电视台同时登场。从这一年开始，贺岁片年年如约而至。

**年话**：身体健康排第一。调查显示，"身体健康"是 1998 年最流行的拜年话。电话铃声传问候，打开电脑接贺卡，贺词传进寻呼机。这是 90 年代人们的拜年方式。

1998 年流行的拜年话是"身体健康"。而在 1995 年左右，人们的祝福大多是"恭喜发财"。

1999 年，电子贺卡开始流行，每天中国电信网上至少有四五千万封电子贺年邮件接来送往。轻轻一点，祝福可以传出万里之外。

（摘自《读者》2003 年第 1 期）

# 童年的欢乐记忆：国宝大熊猫盼盼去世

佚　名

　　提起熊猫巴斯，人们更为熟悉的是它另一个名字——盼盼。它曾是北京亚运会吉祥物"盼盼"的原型，作为国宝几次出国访问，登上过春晚和纽约时代广场的舞台……

　　就在 2016 年 9 月 14 日，福州大梦山熊猫世界发布一则讣告："世界和平图腾、第十一届北京亚运会吉祥物'盼盼'的原型熊猫巴斯，因病医治无效，于 13 日不幸离世，长眠于大梦山熊猫世界，享年 37 岁。"

　　这位带给一代人记忆的老奶奶安静地走了，但却留下了她的传奇。

　　巴斯生于 1980 年，火于 1990 年，人们悼念它，如同悼念熟知的朋友，因为它代表着一个时代。

　　可能各位小读者不太熟悉巴斯当时的影响，现在就来看看它传奇的一生吧：

　　1984 年竹子开花时，一只瘦骨嶙峋的大熊猫幼崽被困在宝兴县一条小河里。就在饿得奄奄一息时，她被下山砍柴的一位村民所救。

那位村民顶着刺骨的冰水，冒险将大熊猫救上了岸，并和其他村民一起，给她生火，取暖、喂食。

因为获救的地方叫作"巴斯沟"，人们给她起名叫"巴斯"。

当年的巴斯只有 4 岁，她不会想到，自己的命运因为这个意外，从此被改写。

人们救下巴斯之后，把她送到了福州大熊猫基地。巴斯刚来的时候，处于营养不良的状态，体型偏瘦，毛色更是一点光泽都没有，只有正常熊猫体重的一半左右，后来在饲养员们的精心照料之下，巴斯才渐渐恢复。

后来，巴斯辗转到了海峡（福州）大熊猫研究交流中心"落户"，还学会了举重、骑车、套圈等运动项目，很快成了全国明星。

1987 年，巴斯代表中国野生动物协会，受邀去美国圣地亚哥访问半年，在圣地亚哥市表演体操。

6 个月的时间，巴斯吸引了 250 万美国人参观。美国人惊呼："中国的熊猫居然会体操表演！"

美国群众热情高涨，排队 5 个小时只为看巴斯 3 分钟。

那时，巴斯作为国家的象征出访美国，实际上就是一种文化软实力的输出，只是当时还没有"软实力"这个词。

巴斯名声在外，等到 1990 年北京亚运会，亚运会组委会准备以熊猫作为吉祥物。

中国国家一级美术师刘忠仁以巴斯为原型，设计了它手持奖牌，伸开双臂的动作，从此，90 年北京亚运会吉祥物"熊猫盼盼"诞生。

"熊猫盼盼"一下子闯进一代中国人的心里，成为整整一代中国人的美好回忆。

盼盼正式登场是在亚运会开幕式上，它和刘欢、韦唯的《亚洲雄风》，一起呈现在体育馆前花坛上。

盼盼成了国内外著名的友谊天使，甚至出现了"盼盼效应"。大大小小的挂毯、纪念币，以及小孩儿玩的游戏卡片上，"盼盼"已经完全渗透进了人们的日常生活。

而巴斯本身也有过几次表演经历，除了在亚运会，最著名的就是1991年春晚了。镜头下，巴斯先是走向篮筐，做投篮表演，三球两中。"没投进，臭"，在调侃解说声中，巴斯又走向了杠铃。第一次在举杠铃的过程中，右边的杠铃片掉了，巴斯也跟着一起摔倒了。第二次成功了，巴斯举着杠铃站了几分钟，台下掌声阵阵。之后，巴斯又进行了骑车表演和晃板表演。晃板表演中，巴斯站在木板上，接着从远处抛来的圆环，这次七投六中。 全场掌声最多的是巴斯在晃板上做的舞叉子，表演中好几次跟跄，都被它很好地保持住了平衡。近4分钟的表演结束，巴斯在台上收获了奖牌、鲜花和奖杯。

1998年，巴斯为异种克隆大熊猫捐献了体细胞，直到早期胚胎形成，这次实验后来被评为1999年中国十大科技进展之一。

2015年，巴斯担任主角的3D短片在美国时代广场播放，电影内容是巴斯的经历。

可是，今年6月，年迈的巴斯患上多种疾病，包括慢性肝炎和肾脏衰竭。

巴斯毕竟年事已高、年迈体弱、免疫力低下，最终没能度过危险期。巴斯去世了，享年37岁，这相当于人类寿命的108岁，一般的野生大熊猫平均寿命只有20岁。它的遗体将保存在巴斯纪念博物馆。

海峡中心主任陈玉村已经照顾了巴斯33年，他用"勤奋、无私、坚强"来形容巴斯，强调它代表了人与自然和谐共处的精神。

巴斯的一生，有过无数的辉煌。她勤奋学习，无私奉献并与疾病作长期、顽强的斗争，里面很多事情，人类可能都做不到，这也是很多人称她为英雄的原因吧。

　　和她朝夕相处的饲养员在巴斯走后写了这样一句话："巴斯走了，我想她应该是没有遗憾的，她是带着大家对她的爱和浓浓的不舍走的。"

　　是啊，亲爱的巴斯，愿你在天堂，也能幸福安康。

　　你来到这世上，我没去接你，你离开的时候，我在这里送你。巴斯，走好。

（摘自"中国搜索"，2017 年 9 月 16 日）

# 股市风云

**高鹤君**

对它你能说什么呢?

它能使你在一夜之间由穷人变成富翁,也能使你在眨眼之际由阔绰的老板变为一个不名分文的穷光蛋。

股市,这个给多少人以梦想、快乐、沮丧和痛苦的地方,有人形象地喻之为"泡沫经济",有人则赞之为组织社会资金的灵丹。

作为资本主义的产物,它曾经在中国大陆销声匿迹达 40 年之久。当时间跨入 20 世纪最后 10 年之际,作为社会主义经济手段的有益补充,它又返回中国的经济舞台。

何止是返回,它像一个倾城倾国的美女,妖娆动人,迷倒无数"追慕者"。

## "旋风"效应

1991年11月，深圳。

一场悄无声息的"集团军"大集结开始了。

深圳市又有11家公司的新股上市！

于是，邮局、飞机、列车、长途汽车开始集结起各地的"钞票"大军，沪军、京军、湘军、鄂军源源南下。由于这次深圳新股发行采取凭国内身份证"统一领表，一次抽签"的方法，许多外地来深的投资者不仅腰缠万贯，而且还带来了大量的身份证。在抽签仪式的前一个月即1991年10月，该市的储蓄存款比9月份净增了4个亿，仅工商银行一家每天吸储就达1000万元左右！

中国人不再忌讳"发财"这个字眼了，为了发财，他们努力寻找着各自的机会以获取最大的利益。而股市则使这种"最大"成为可能。

余健强，原来是上海第九制药厂工人。1990年7月21日，他咬牙投下了全部资金，以108元一股的价格，买进了电真空的"龙头股"，以147元的价格买进了6股"城隍庙"。没过几天，就分别以245元和640元的股价脱手，净赚近万元。

几天之间成为万元户，真是富有戏剧性，但这出"戏"只不过是小把戏。

去年2月26日，蜚声上海滩的证券职业投资者杨怀定以每股507.5元的价格一次抛出6800股"龙头股"后，"龙头股"连连下跌，到3月底，竟跌到了每股455.7元。细心的人算一算，这一仗，杨怀定能捞多少钱？

发财的欲望一旦被可能的现实启动，那便会形成一股股强烈的台风，把无数的人卷入这种"淘金热"中。本小利微的工薪阶层，会集志同道合的人，集结起有一定规模效应的"资金"集体投资，获取红利。其中有"同学族"，大学四载同窗，彼此比较熟悉，加之大多只身外游，缺乏依托，所以大家声气相通。记者便认识一位朋友，掏出 3000 元，参与到十几个同学的"集团军"中。他们选派出代表，轮流南下，连续作战。也有"同事族"，他们大都工作生活在一个单位，靠工薪度日，却不满足于工薪的收入。但单兵较量，本儿小且不说，时间也陪不起。记者一次在上海一家企业采访，闲时与工人们聊天，得知这个有 2600 多名职工的企业里，至少有 200 人是"经常进行股票交易"的。他们轮流休息，轮流"值班"，镇守交易所的各营业厅。还有"亲戚族"的"集团军"。他们或是兄弟姐妹、叔伯妯娌、表兄表姐，家庭的血缘使彼此更加信任，更加团结一致，更加能吃苦耐劳。在深圳各领表点长达数里的排队队伍中，一位姓刘的青年人神情亢奋地对记者说，他光收集的身份证就有 50 多个，全是亲戚之间集结起来的。他原先是学财会的，家族集体推荐他来作为代表。他对自己投机的成功有很大的把握，并憧憬着发财的好运到来。

## 野狼的嗥叫

股市真是"黄金乡"吗？

其实，投机的同时就伴随着风险，获利的"最大"可能性越强，蚀本的"最大"可能性也越强。看过《子夜》的人，大概都会记得那个雄心勃勃的民族资本家吴荪甫吧，他就是在上海的股票交易所里把自己的巨额家产输得精光。但是，很多人在发财的"梦乡"中陶醉了，听不见森林里野狼的嗥叫。

股市和炒股票的队伍中流传的尽是发财的奇迹：某某买下 1000 元股票，3 年后净获利 20 万元！某某炒股票发了财，来车站接人说："这次骑摩托车来接你，下次就要开'蓝岛'来接你了。"

于是，人们只要听说是股票，便不管三七二十一，先买下再说，买得越多越好，不问发行股票的企业是否有前途，资本如何，产品的市场前景怎样。

前不久，北京发行某企业的债券时，也是人头攒动，盛况空前，尽管这家企业已有的负债额超过其资本，尽管其产品也是季节性的、区域性的，并只能在有条件的环境中使用……但是，挡不住的投资热潮仍滚滚奔流，竟然无人问：万一产品销不动怎么办？

1990年五六月间，深圳股市则被"炒股者"弄得躁动不安。人们不断地买进、卖出，股市温度越升越高，"发展""金田""万科""安达""原野"股价全面上涨。仅5月份，成交股数就等于前4个月总和的1.36倍！有些人借30%的高利贷前来炒股，2.24亿元面值的股票被抬高到28亿元！到11月更是攀升到了71.2亿元！

专家们不断地警告：暴涨之后必有暴跌！但是，投资者丝毫不理这一套，继续勇往直前。但作为经济规律，股市的涨落是其天生的"脾气"，谁也无法遏制。

1990年的深秋，深圳股市开始狂泻！

11月20日，一场为时10个月的大股灾突然降临了。因深圳市政府规定党政干部不准买卖股票，由干部退股引起了抛风，诱发交易额惊人增长，天天创股市之最。抛方全面出击，买方寸步不让。5天之后，气氛陡变，3支挂牌股价接连败北；10天之后，各证券交易点存货迅速增加，股价节节下跌。为了生存，人们纷纷寻求保护现金之策，两天中，各证券机构单是收受托售的"发展"股就达200多万股，成交仅21万股！

1990年最后10天，深圳股价平均下跌10.74%，股票市值跌失6.4亿元！

股东们第一次领教了蚀本的滋味。一位买下10万元股票的张先生哭丧着脸说："每天我睡醒一觉起来，钱袋就要空一大截！"

经过几个月的下跌，深圳持股者十之八九亏了本。

## 走出狂热

狂热之后的冷静，显得更加理智而稳定。经过股市的狂风大浪之后，早先下海的水手将越来越成熟。

"一个投资者，没有广博的知识、开阔的视野、高超的智慧，要想在股市上取得成功，那是绝对不可能的。"专程从上海赶往深圳加入到几十万购买 11 月新上市股票的杨先生说，"你问我为什么不在上海投资？上海的股市太热了，急切的投资者在大部分时间里，把价格哄抬得太高，第一年的市场指数上升大约到了 300%。现在，股票的价值高于票面价值 39 倍！很多人都是盲目的，这样风险性也就很大。深圳经过大起大落，股市运转基本正常了，投资者更冷静和有经验了，因此，理性的、可把握的程度就高一些。"

目前，深圳的股票市场已经迅速超过了上海的股票市场，其资本总额约相当于上海股票市场的三倍。

然而，更具有意义的应该是这样一声铜锣声：

"当——"

1992 年 2 月 21 日 9 点 30 分，洪亮的铜锣声在上海证券交易所敲响了。我国唯一拥有全世界 24 个国家和地区的 230 名"股东老板"的上海电子真空器件股份有限公司的人民币特种股票（B 股）开始了首场交易，闪烁着红绿灯光的电子行情显示屏清晰地显示：发行价每股 70.8717 美元，开盘价每股 71 美元。

此时，簇拥在上海证券交易所里的人群，簇拥在上海 25 个营业大厅里的人群，簇拥在世界各地交易所的投资者们，目不转睛，怦然心动，屏息静气。

显示屏上的数字不断跳动着。海外客户要求买入的申报价：71.6 美元、72.8 美元、73.2 美元、74 美元、75.4 美元……

路透社通信网络则精密而悄无声息地同步向全世界各地发出行情的每次变动。

中国的证券交易与国际市场接轨了！

在此之前，深圳股市也有 10 家企业开始向外国客户发行 B 种股票。

而国际化将为中国的投资者、管理者带来股票交易的最好老师。

与此同时，城市书摊上已摆出十几种新出版的股市运行常识的普及读物，夜校、培训班招收了越来越多的学习股票投资技巧的学员。深圳报纸上的股市栏目上，现已印上了政府忠告市民"股市有风险"的字样，上海也有了专业性的报纸《上海证券》。政府开始考虑一些针对股市的经济调控手段，如适时上市新股。去年11月，深圳上市的11家新股，扭转了股市的下跌趋势，促使股价回升；过热时抛出一定数量公股，平抑股价，过冷时，吸纳一定股票托市……

当然，作为经济体制改革的一个高难度动作，股市还有许许多多的事情需要我们去做。然而，股票市场的发展在为企业和社会筹集急需的发展资金、合理利用社会闲散资金方面，显示出了巨大潜力。

目前，我国城市居民储蓄达9000多亿元，社会闲散资金总额达1万亿元。有人形象地喻之为"笼中虎"，它对社会构成了种种潜在威胁：抢购风、通货膨胀、社会动荡……股市正好引"虎"出山，让它在其中大显身手。

1792年5月17日，24名证券经纪人在纽约华尔街68号附近的一棵梧桐树下聚会，商订一项协定，即以后载入人类史册的"梧桐树协定"。从此奠定了证券交易的基础，并且有了驰名世界的华尔街，有了东京、巴黎、波恩、伦敦……的证券交易所。马克思曾以"这是像蒸汽机那样的革命因素"来说明证券的生命在于流通。

今天，中国正在走向现代化，汇入世界经济的主潮流之中，证券市场崭新的一页终于被庄重而勇敢地翻开。

（摘自《读者》1992年第7期）

# 90 年代的奖券热潮：多少次相信下一个幸运的就是我

Gugu 咕咕咕

90 年代兑奖场景，"2 元+运气=桑塔纳"成了引人入胜的诱惑。

这样的场景在 20 世纪 90 年代的很多城市都不少见，人头簇拥围了一圈又一圈，钻进了人层圈里边才能看到不高的抽奖台，还有堆在现场的汽车、摩托车和大电视等奖品。大喇叭呼呼嚷嚷，一息不停地循环播报"一等奖桑塔纳汽车一辆"的丰厚奖品的好消息。

抽奖台底下人头汹汹涌涌，有买奖券的、看热闹的，有跑一大圈到僻静地方自己默念"菩萨保佑"静静刮奖的，或紧张、或兴奋、或懊丧，百样人有百样脸色，不过一样的，都是期待充气拱门上的"2 元+运气=桑塔纳"能够最终在他们自己身上成了真。

## "奖券的诱惑"

90 年代的"奖券热潮"让 1993 年开播的经典情景喜剧《我爱我家》花上两集来细述这份"诱惑"。

全家看足球比赛，拼命给中国队加油，最后中国队一举得胜。贾志新却颓了，拍着大腿狂叹："赢得不是时候啊！"他把全副身家都压在了中国队输上，结果全赔进去。

感慨没完，立马遭到老傅的政治教育：你像一个有三十年国龄的炎黄子孙吗？

更荒诞的彩券故事则发生在我们和平女士的身上。

为了参与卫生纸公司的"有奖销售"，她提回家两大袋"使用前起码要做上十分钟软化处理"的金刚砂牌手纸，尽管如此，为了抽奖，还是忍了！经历了一轮轮足球抽奖失败、报纸知识问答过期的败局之后，结果峰回路转，中奖的希望最后居然绕到了这"金刚砂牌手纸"上。

这手纸直接让他们赢得了到香港旅游的机会。

只不过，中奖是一回事，兑奖又是另外一回事。一心想着实现香港旅游梦的和平女士被报社、厂家和纸协不断踢来踢去，从这个税扣到那个税，从这个不知何物的材料到那个闻所未闻的证件。意志坚定、一心拿奖的和平女士最终也死了心，任由这个奖随风而去、不了了之了。

## "有奖销售"

这种"有奖销售"、发兑奖券的形式可以说是在 90 年代红火一时。这种"有奖销售"的模式也被认作是当代博彩业的发端。

在 1985 年前后，一些城市里的工商企业、事业单位就开始用"奖券"的方式来帮助商品销售和银行储蓄。"有奖销售"一经推开，就得到了市场的热烈反馈，尝到了甜头的企业、单位更是一拥而上，由此出现了一轮"有奖发售"的热潮。

"那时候银行里面，特别是像我们这样小城市的银行，80、90 年代资金还是比较紧张的。收进来的多，放出去的额度也没法涨。所以那时候就开始跟着一些单位学'有奖销售'，做'有奖储蓄'的活动。

我们一等奖那时候是一个电视机，群众反响是非常好的，一时间大家储蓄的热情很踊跃。那时候为了提高获奖率，还设了很多小奖，比方牙膏、纸巾，还有现金这类的。那时候大家排着队摸奖，队伍很长，一直通到街底的电影院那里。"

这样小小的奖券也帮助银行拿到他们所需要的资金，为当时急需发展的经济注了血。

同样的还有各式供销单位，有奖销售也帮助不少单位清理了一些积压的库存，拿到了急需的流动资金，让一些发展困难的企业单位化亏为赢，重新站了起来。

可以说，小小的彩券所带起的"有奖销售"对当时经济发展也起到了不小的推动作用。

不过不少人也遇上了像和平女士那样的魔幻经历。

"卫生纸硬得像砂纸"不再是段子而已，一些单位趁着"有奖销售"的热潮把残次商品一并销出，有的消费者拿着奖券一路去兑却兑换无门，被像皮球一样踢来踢去，还有些单位甚至滥用行政手段，强行摊派彩券，招引了不少人的反感和投诉。

针对这样的情况，不久国务院就在当年发布了《关于制止滥发各种奖券的通知》，要求各地、各部门制止滥发各种奖券，所有工商企业均须立即停止举办有奖销售活动，任何单位和个人不得举办有奖募捐活动。对为兴办社会福利事业而举办的有奖集资，经当地政府批准可以试点，但不宜普遍推广。

## 百花齐放的奖券

"有奖销售"的风气从银行吹起，又一路延伸到了其他供销部门和商业部门，带来了可观的资金流。几项组合监管，并没有打消大家对于"兑奖"的热情，由此这些奖券开始独立发行。

1986 年 12 月 20 日，国务院第 128 次常务会议讨论，批复了民政部《关于开展社会福利有奖募捐活动的请示》，同意由民政部组织一个社会福利有奖募捐委员会，在全国范围内开展有奖募捐活动。

1987 年 6 月 3 日，中国社会福利有奖募捐委员会在北京成立。

1988 年，国务院批准国家体委（现国家体育总局）发行"第十一届亚洲运动会集资奖券"。到了 1994 年 4 月，中国体育彩票管理中心成立，我们所熟悉的体育彩票才开始正式出现。

不过早在体育彩票正式发行前的 80 年代末和 90 年代初，各式各样、百花齐放的"彩票奖券"就已经开始风靡，"上街摸奖"成了很多人当时下班要做的第一件事。

同之后由民政部和国家体育总局发行、统一归属国家财政部指导发行的彩票市场不同，那几年的彩票尚属于"各自为政"的"管理空窗期"。按当时的规定，彩票并没有限制发行的部门。想发行彩票的部门，只要将所要发行的数量、金额、设置的奖品、募集的公益金等项目按照相应规定向当地县一级政府申请，获得批复后，进行相应的公证即可开始发行和销售了。

当然，为了确保公正，公证部门会在彩票销售现场派驻一位公证员来监督整场活动。

"彩票"这个从吕宋传来的古老游戏，很快就以汹涌的态势把城市里的人们裹挟到了其中。

当时抽奖所对应的奖品多以实体奖品为主，大奖大多是市面上、紧俏的彩电、摩托、电冰箱、金器等，而小奖品则覆盖了从毛巾、牙刷、脸盆到纸巾的一系列日用品。

改革开放之后，大家手中拥有的资金都有不同程度的上升，这种用"小钱博取大奖"的方式一下就让彩票成了 90 年代一种迷人的"小游戏"。大家都期待着大喇叭报出的下一个幸运号码属于自己。

另外，当时市场上物资紧俏，也让很多人把投机购彩，当作了一条可行的财路。他们期待着把这些中奖的紧俏物品转手卖给他人，再挣上一笔可观的数目。当时的奖券摊旁常围着不少交易的人，没中奖的人也会围着看看，想知道领走奖品的人最后能把这些电视、摩托卖出个什么样的价钱。

"每天只要你到大街上去，就可以在很多地方看到一大群人围在那里，然后过会儿就有人默默地走出来，有人高兴地跳起来。"

## 摸着了的欢喜，摸不着的跳脚

即将揭晓大奖时的紧张激动是当时很多人所体验过心情。

"我那时候花了 100 块钱，最后买了 50 张，一个人蹲在墙角一张一张地刮。刮一张，没中，扔了；刮两张，没中，再扔……一直刮到最后一张，当时心想最终一张再不中，我再也不买了。看看台上这么多奖品，就算最后让我中个纸巾、牙刷也好啊。"

不过最后让阿健失望的是，第 50 张彩票还是让他一无所获，台上的小汽车仍离他很远很远，但这种即开即中、即开即兑的活动让现场很多人感到又兴奋又刺激。

"整个体育场周围都是人山人海，大家都想过来碰碰运气，毕竟只要两块钱，万一这奖要真落到我口袋里呢？"

别说那时候像阿健这样的年轻人，连阿健妈妈当时受了风潮鼓舞，也撺掇着阿健帮着捎带两张，试试运气。虽然最后什么奖都没中，但刮奖时候的紧张、心跳让他们在多少年后回忆起来还记忆犹新。

"那时候看他们拿着奖券上去兑奖的，真的是羡慕啊，敲锣打鼓的，都是中高档的小轿车，桑塔纳、富康还有奥拓都有。那时候会开车的还不多，就专门有司机帮忙把车开到中奖人家里的。"

阿鑫就是阿健当时所羡慕的人之一，他当时花了 20 块买了 10 张彩票，刮到倒数第三张的时候中了一台 19 寸的彩电，刮到倒数第二张的时候中了一台铃木王的摩托车。

"我应该是那场最幸运的人了，连中两个大奖，统共就花了二十块钱，彩电也有，摩托车也有。回去整个弄堂、还有单位里的同事都知道了，那时候就要我请客，请了好几天。那时候跟我一起去的朋友也买了二十块，结果一样都没中，都说那两年偏财运都落在我身上了。"

同去的朋友不甘心，后来又掏钱买了十张，期待好运一样能降临到自己头上。不过这样的运气似乎总是可遇不可求的事，后来一心投入彩票成为"老彩民"的阿鑫却再没有过机会中得这样的大奖。

"就是命里定的吧。"阿鑫想起那个大家为奖券狂欢的年代，语气里总带着点眷恋，他怀念那个时候，"我后悔那时候中了奖，没再多买两张，凭我那时候的运气，说不定能把汽车也赢走了。"

（摘自"简书"，2018 年 9 月 10 日）

# 无厘头的理由
乙 乙

20 世纪 90 年代，"无厘头"这个词尾随着一批搞笑的香港电影在大陆悄然登陆，几载沉浮，终于杀出重围，成为后现代主义不容置疑的经典词汇。

据考，"无厘头"是广东佛山地区的俗语，原意大致就是粗俗、随意、没文化、没目的、莫名其妙；另一种说法又称其为顺德的方言，属于骂人的话中最狠的一句，意思是说一个人十分无能。问一个广东的朋友，他的答案非常简单，"就是无端做出没有理由的事情来"，这也许是最接近现代人心目中无厘头涵义的解释了。

随着无厘头电影的逐渐风行，这个词越来越多地出现在各种媒体及人们的嘴里，于是一种奇怪的现象出现了，这个曾经为人所不齿的地方俚语竟衍生出许多新的意义，并引出诸多势不两立的争论——极端的热爱和极端的鄙夷。打比方说就像北京名吃臭豆腐，爱它的一天不吃就寝食难安，有了它就身体倍儿棒吃嘛嘛香；讨厌它的恨不得百米开外就捂住鼻子绕道而行，并且皱鼻子瞪眼比看到了恐怖组织还紧张，仿佛别人打开的不是四四方方的玻璃罐，而是携带炭疽病菌的邮政快件……"无厘头"就是这么一块臭豆腐。

大部分出生在 70 年代以前的人认为所谓无厘头就是"轻浮""浅薄""低级""表面化""便宜""没营养""无原则"的代名词，看着无厘头把现在的孩子都变成了庸俗、浮躁、油嘴滑舌、玩世不恭的一代，他们怎能不痛心疾首、声嘶力竭！

殊不知，在"后 70 年代"的青年眼中，无厘头正是对那种陈腐、虚伪、假正经、假清高、假清纯的主流斩钉截铁地拒绝和蔑视，那种恣意的对秩序和正统的破坏让他们体会到强烈的快感。他们之热爱无厘头正像"前 70 年代"之热爱臭豆腐。他们有跳跃性的思维，懂得及时行乐，常常语不惊人死不休，时不时人间蒸发；他们养宠物不养小孩，他们骑驴找驴骑马找马，他们夏天涮锅子，冬天嚼冰块，他们张口无厘头，动手".com"；他们知道社会阴暗人性贪婪，男人好色女人善变，工作无聊挣钱麻烦，但他们永远保持着乐观主义精神，自由自在，天马行空。从这个意义上来说，无厘头无疑已经上升为一种生活态度和行为典范，一种文本和一种主义。

（摘自《读者》2002 年第 5 期）

# 进口大片：轰炸眼球

李桂杰

　　在进口大片进入中国之前，中国电影市场正处于低谷时期，电影制作体制上已经面临改革。中国人到电影院看电影受到的刺激、享受到的视觉冲击和"进口大片分不开"。

　　1998 年我国引进美国大片《泰坦尼克号》，著名歌星任静和付笛声夫妇还记得当时看电影的情形，当影片演到最扣人心弦的一刻，冰山把豪华巨轮撞沉，男女主人公面临生死离别的时候，任静突然说："我觉得心里挺不舒服的！"接下来，她脸色发白，表情痛苦，符笛声当时也十分紧张，从戏内紧张到戏外，他说："电影的内容太揪心，当时任静真的是心脏不舒服了！"影片散场后，他们又在休息大厅呆了好久才平复下来回家。

　　当年的《泰坦尼克号》在中国掀起了前所未有的观影热潮，影片当中男主人公给女主人公画裸体写真的镜头在影院播放的时候没有被删除。当年，该影片在中国创造了引进片票房之冠（3.8 亿元）的神话。据传，导演卡梅隆从出品方派拉蒙公司获得约一亿美元的收入，新星莱昂纳多·迪卡普里奥与温斯莱特从此跨入好莱坞一线明星行列，影片全球票房收入总计达 18 亿美元。影片还荣获了 1998 年奥斯卡最佳影片、最佳导演、最佳音效、最佳摄影等 11 项大奖，第 55 届金球奖最佳影片、最佳导演等四项大奖，被称为史上最成功的商业巨片。

作为当时成本最昂贵的影片《泰坦尼克号》，豪华的客轮和壮观的场面都在告诉人们，《泰坦尼克号》的每分每厘都是实打实用美元堆砌而成的，虽然影片故事并无太多新意，其爱情描写甚至被某些影评视为腐朽陈旧，但随着客轮撞上冰山沉没，他们的爱情葬身海底后，影片所透射的巨大光芒和悲剧力量，使它成为影史上最赚人眼泪的影片之一。它不仅是一个关于人类不幸传说的故事，它还是一个关于信念、勇气、牺牲和爱情的故事。

也因此有人评价说，好莱坞大片不仅仅是在炫耀特技，不仅仅是在烧钱，这些影片更多的是靠人性的光辉俘获了观众的心，尽管有时候这种人性是灾难+爱情，或者战争+爱情等的俗套。

在进口大片进入中国之前，中国电影市场正处于低谷时期，电影制作体制上已经面临改革。

中国电影家协会提供的资料显示，1978 年，中国大陆电影的产量仅仅 50 部，当时，解放思想、实事求是像一把钥匙打开了中国电影身上沉重的枷锁，卸下了沉重的负担，不少作品在题材、风格、样式方面力求多样化，恢复了中国电影的现实主义传统。电影成为人们文化消费的首选。但历史进入 20 世纪 80 年代中后期，中国电影的生存环境面临考验，彩色电视走入亿万寻常百姓家，再加上影院设施简陋，影院观影人数大幅度减少，不少企业面临亏损，电影界的改革迫在眉睫。进入 20 世纪 90 年代，中国电影市场开始跌入谷底，许多电影院已经陆续改成台球厅、家具城。

1994 年，为了改变电影市场的萧条局面，时任中国电影集团公司总经理的吴孟辰向广电部电影局打报告，提出以国际通行的票房分账形式，进口最新的一流外国影片，以发行的收入扶持老、少、边、穷地区的电影事业。此前，中国一直实行的是以买断方式进口过时的外国影片。1994 年，当时的广电部电影局批准了这个建议，提出每年可以进口 10 部"基本反映世界优秀文明成果和表现当代电影成就"的影片。社会上有人将这 10 部影片称之为"10 部大片"，于是大片的名称很快流传开来。参照国际通行的票房分账形式，进口大片各方收入分成的比例是制片 35%，发行方 17%，放映方 48%。为了迅速占领中国市场，进口大片的制片方还承担了宣传的费用。尽管这样的分账比例被认为对制片方较不利，但后来的事实证明，以美国为主的国外制片方从中国市场套走了大把的钞票。

1994 年 11 月 12 日，由哈里森·福特主演的《亡命天涯》作为首部进口大片在北京、上海、广州等六大城市公映，震撼了国人的眼球，最终以 2500 万人民币创造了票房奇迹，引发了国内初级时尚对好莱坞影片的模仿。

今年已经 36 岁的涛子对于进口大片最深的记忆是在 1995 年，那时候他正和女朋友谈恋爱，当年的爱情日记中，就有携手看大片的甜蜜环节。那年从好莱坞电影《亡命天涯》开始，进口分账大片正式进入中国市场。其实，《亡命天涯》在北京的票房并不理想，经过两轮只有 200 多万元的收入，但还是在全国创造了大片的第一个票房奇迹。涛子说："尽管在 1995 年，爱情已经不相信'亡命天涯'式的破釜沉舟，但在爆米花的香气里，花上几十块钱，跟女友一起在有小包厢的影院里感受后工业时代创造的声像刺激，依旧是在恋爱季节里最物质的旅行。"

有学者评价说，如果试图对 1995 年的中国文化做一浮光掠影式的勾勒，影院出现的狂欢景观不应该被忽略：名曰多功能化，实则被弃置的影院再度旌旗招展，人流不绝，花絮频出，甚至"失业"已久的电影票贩子亦得以"再就业"。

1995 年之前，代理离婚案的律师还不够忙碌，对于后来发迹的律师来说，他们要谢谢《廊桥遗梦》带来了源源不断的生意。虽然这是个玩笑，但

1995 年《廊桥遗梦》掀起的古典浪漫遗风，吹得痴男怨女流连忘返，一度意乱情迷。也就是这个时候，许多颗在平凡的婚恋生活中波澜不惊的心终于找到了福音书，并且按照其中的指引，开始寻求爱情的出走。

1995 年，与大片初体验的人们相比，中国电影业再次遭遇激情。恰逢世界电影百年之庆，"10 部大片"的引进终于激活了中国电影市场，中国电影借此良机再度腾飞。继影片《红粉》《阳光灿烂的日子》之后，国产片《红樱桃》创造了票房奇迹。人们似乎相信，1995 年，将是中国电影复活的历史契机。

有人说，纵观当代文化史，1995 年中国电影市场的变迁，确乎具有不容忽视的意义。强大的意识形态壁垒终于网开一面，使好莱坞得以局部进入，标志着中国对全球化进程的推进程度——肯德基、麦当劳、必胜客等等"快餐店风景"和无所不在的好莱坞影星的灯箱，都是必不可少的景观。

（摘自《不会尘封的记忆：百姓生活 30 年》，湖南科学技术出版社 2008 年 11 月版）

# 那套家庭卡拉 OK

囧之女神 daisy

　　前段时间一个朋友回老家时，发现一向非常节俭的爷爷在房间里装了台新空调。他很奇怪，就问他叔："这空调，爷爷用得多吗?"他叔说："其实不用。""不用为啥要买?"他叔说："你爷爷觉得，每个家庭都应该有一台空调，用不用倒还在其次。"

　　家家都该有一台空调，这个概念不知是谁普及给这位爷爷的，但不管来自哪个渠道，"家家都该有个××"绝对比"××很好""××很划算"管用多了——这已经超出了普通的消费观念，上升到民生、社会平均发展水平、自我认同等更高的层次。这种宣传给你描绘了一个很美好的景象，同时又隐隐地给你一种逼迫感：人人都有! 你怎么可以没有? 这个东西，用朋友竹林桑的话说，"代表了一种先进的生活方式和对富裕的追求"。你连社会平均标准都达不到了吗? 那还混什么啊，赶快去买一个，才能成为这个美好社会的一员。

# 1

现在想来，20 世纪 90 年代大概是这种"家家都要有个××"式购买行为的第一个爆发期，一来大家的消费能力随着经济发展上去了，二来还没形成多元化社会，消费导向还很单一。

这可以解释为什么我的父母突然决定买一套家庭卡拉 OK 设备。因为有一天，全城（或者说全国）的人突然都开始买这种家庭卡拉 OK 设备。一般来说，这套设备包括以下几个标准件：一台 VCD（后来升级到 DVD），两个到四个不等的音箱，一台功放，一对话筒。在工业设计不发达的年代，以上玩意儿基本都是黑色、冷漠、线条硬朗的大盒子，外形都非常华丽巨大，看上去就很唬人。

买这么一大堆玩意儿在当时花费甚巨。当时，在家唱卡拉 OK 属于"家家都要有"的娱乐活动，所以，我们家也不甘人后地买了一套。

我妈是一个控制欲超强的人，任何时候她都要确保所有家庭成员和她一条心且服从于她。于是，在一个暑假的周末的早上，我被她从被窝里揪出来，神志不清地跟着她和我爸坐上了去成都的大巴。其实，当时小县城的电器行也卖这个东西，但是她坚信，只有去成都的电器一条街才能以白菜价买到真货。

那是个热到让人头昏脑涨的大晴天，当时成灌高速公路还未修好，去成都要花一个多小时，到了车站，还要转车去电器街。我刚好是四川省"晕车少年排行榜"的三甲选手，所以，等几个小时后我们终于到达目的地时，我已经吐得死去活来了，连午饭都吃不下。我的父母虽然对此事严阵以待，但在高温的午后，还是露出了疲态。但是他们还是展现出了四川省"讲价天王"三甲选手的专业素质，在吃过午饭后立刻冲进一家又一家的商行，对着那些看上去一模一样的黑箱子挑来挑去。我全程臭脸作陪，好像别人欠了我几百块钱。最后我妈大怒："带你来有何用！"我好像还挨了几巴掌。到了下午3点，我已经彻底蔫了，她估计也很累，但还撑着火眼金睛的架子，严格地挑选、讲价，在几家店反复比较，最后终于以她满意的价格选了一套，并雇了车运回家。回到家中已经是下午五六点了，潦草地吃过晚饭后，我爸负责接线、调试，满地都是线，沙发什么的也要挪开，那场景现在想起来仍历历在目。

这套花掉我父母很大一笔积蓄的音响设备，相对于市面上的同类产品，其实还是便宜货。我们当晚就发现话筒漏电严重，拿在手里，感觉是酥麻的。我妈找了两块好多年不用的手帕把话筒包了起来，中间用皮筋一扎，这套看上去非常"高大上"的设备立刻显得很有乡土气息，我家也有了老干部活动厅的神韵。不过更大的打击是在几天后，我们根据报纸上提供的鉴别信息，确定那台 VCD 并不是真正的 VCD，只是台 CD 的改装机。那个年月没有家电连锁销售平台和比较完善的售后系统，考虑到把这套东西运回成都的商铺里去闹的人力、时间、金钱成本，以及能闹到成功退货的概率，我父母权衡再三后，还是放弃了。

## 2

然而，我的噩梦才刚刚开始。我妈很快开始在周末邀请同事来家里唱歌。那年月，每家每户都添置了这么一套设备，但房子又不可能有任何隔音装置，所以一到周末的晚上（甚至在工作日的晚上），整个小区吵得像修罗场。后来我妈的同事来我家唱歌的次数多了，干脆先在我家一起吃晚饭，吃完了再唱。再后来，干脆下午在我家打麻将，麻将打完了再吃晚饭，然后再唱歌。

不管是麻将，还是吃晚饭、唱歌，三个环节中的任何一个都会给我惹上麻烦。我妈非常急于向别人展示我们家庭的团结，以及家庭成员的热情和驯服。一旦家里来了客人，平常很少让我干活的她就要不停地把在小房间做作业的我召唤出来，给所有人倒茶、削苹果、剥橘子什么的。到了晚饭环节，她又安排我到厨房刮姜剥蒜、洗碗打扫。我那会儿正是一个猪嫌狗不爱的"中二"少年，配合度极低，不仅常常一口拒绝，即使勉强去做了，也是一副别人欠我一百块钱的表情。这当然会惹恼她，也给我招来了好多顿打——当然是在客人走了以后。

唱歌环节的麻烦比较特别。我因为五音不全，所以从不唱卡拉OK。但是我父母觉得，一个在家庭聚会中不唱卡拉OK助兴的小孩，是不善交际且给大人丢脸的。"《海鸥》《让我们荡起双桨》《世上只有妈妈好》你总会唱吧？"她努力压住怒火，尽量平静地问道。

"你的碟上没有这首歌。"我想了半天，实在找不出什么理由来拒绝，只能用这最后一招。那会儿所有卡拉OK设备都是带碟的，无论歌曲是什么，画面上一律是跑来跑去的泳装美女。我父母已经在这套玩意儿上花了太多钱，应该不至于为了逼我唱歌就去买一套儿童歌碟来。我妈没说话，眼看就快躲过去了。

"没事儿的，你可以清唱！我们给你打拍子！来来来，大家一起给雯雯打拍子！"她的一个朋友热情又慈祥地说道。

往好处想想，我并非当年唯一一个倒霉的少年，风水轮流转，既然别人常到我家来做客，那我妈自然也经常去别人家做客。在我们那条街上，许多个和我一样的少年都在忍受这种痛苦。我妈一个闺密的女儿（她也是我的小闺密）就经常跟我抱怨："你妈怎么老来我家打麻将！烦死了！"而我爸的一个酒鬼男同事的儿子，在这种聚会气氛正high时拿着考得很差的试卷回家，丢了他爸爸的面子，被当场痛殴，滚下楼梯。

## 3

后来，这种聚会风气慢慢平息下来，大概有几个原因：其一是那两个话筒后来漏电越来越厉害，拿着已经到了如同受刑的地步，即使包着手帕，客人还是经常被电到，后来他们来都只打麻将和吃饭，尽量用各种理由回避唱歌；其二是因为实在太吵，日子久了，家里有老人、小孩的街坊邻居实在受不了，说了好多次，慢慢地大家也就不好意思了；其三是因为外面的 KTV 慢慢多了起来，那里提供廉价的瓜子、茶水和隔音装置，而且更私密，大家全改去外面消费了。那些曾经耗资甚大、占地不小的设备，就慢慢闲置了。

2007 年，我家搬到了现在住的房子，这套已经多年不用的设备原封不动地被抬到了新家里。毫无疑问，我们肯定不会再用了，我甚至怀疑，它们只是被搬过去摆好了，线都懒得接了。直到今天它们都还在那里，中间我妈换过一两次沙发，因为木地板进水换过一次地板，都没把这套东西给扔了。大概是因为，在我父母心里，这还是属于"家家都要有一套"的东西吧。我现在租的房子是朋友买的二手房，上一任业主把所有家电以 3000 块钱的价格打包卖给了他，他觉得自己捡了个大漏，结果一试客厅里的那套音响，全是坏的。我觉得业主未必是成心坑他，很可能这套音响就和我家那套卡拉 OK 设备一样，很久之前就再没用过，主人根本不知道它们已经在岁月流逝中无声地坏掉了。和我们后来在角落里发现的几张早已不能播放的泳装卡拉 OK 碟片一样，它们的寿命永远地留在了那个火热的年代。

（摘自《读者·原创版》2016 年第 2 期）

# 肯德基：洋快餐在中国的风行

李桂杰

今年 40 岁的周东江是一位编辑，他说，和很多为了健康着想，完全限制孩子去麦当劳、肯德基的家长不一样，他隔三岔五会带着孩子到麦当劳、肯德基吃一顿，满足一下孩子的"嘴瘾"，他说："我会让孩子感觉吃洋快餐和吃狗不理包子没有什么区别，只是普普通通的一顿饭，我绝对不会把它当成对于孩子的奖励！"

的确，今天，在很多老百姓的眼中麦当劳、肯德基已经不是什么高消费的场所，也没有什么特别的地方。

然而在 1987 年，肯德基作为"资本主义生活方式"的代表来中国的时候，肯德基餐厅却被赋予了更多的意义。时任肯德基远东区总裁的美籍华人王大东还清楚地记得，1987 年 11 月 12 日，位于北京前门的第一家肯德基餐厅开业不久后，那里就成为北京旅游的一大景点。很多来到北京的人，必定要去肯德基吃上一次，然后与门口的肯德基上校留影纪念，并让这种全新的经历成为回到家乡之后的谈资。

而最有趣的事情是，前门肯德基的三楼每个礼拜天都给人家举办婚礼。在肯德基这样的快餐店举办婚礼，这大概是全世界都没听过的。不过那个时候能够到肯德基举办婚礼，在北京是一件比较有面子的事情。

现在，很多人可能都无法想象当年肯德基开业的盛况。开业的当天，天气很冷，飘着雪花，"门口排队的人群快要挤爆了"，工作人员不得不打电话求助公安民警来维持秩序。最后公安民警出了主意，在外面排队，一次放几个人进去，当时队伍在外面绕了一圈，一排两个小时。排队近一个小时才能买到一块原味鸡，可是人们都兴致盎然。

"前门三层肯德基门口，一个小男孩对那个笑容可掬的肯德基上校雕塑产生了兴趣，他好奇地向肯德基大叔端着的炸鸡桶里伸出手去；在他身后，是望不到头的长队"——这张拍摄于肯德基前门店开张初期的黑白照片已经被肯德基公司作为史料保存，画面中的人物大多数都还穿着黑色和蓝色的衣服。事实上，在肯德基前门店开业的很长一段时间里，一直都处于这种排长龙的状态。

这个规模 1400 平方米的三层楼房，可容纳 500 个座位，是当时全世界最大的肯德基快餐店，当时肯德基用一天 1000 元的价格租下来这家餐厅，并一下子支付了 10 年的房租，外国人的爽快让房东心花怒放。从有关报道可以看出，当天的开幕式上，整个三层楼都被喜庆的红条幅盖着，女孩子们穿着鲜艳的民族服装，在用中英日三国文字写着"美国肯德基家乡鸡开业"的大红条幅前表演着中国传统歌舞。

一家美式快餐店的开张，在当时的中国显然被赋予了别样的意义。美国驻中国大使洛德、北京市政府领导等人物的到来，使肯德基在中国天安门一侧的前门开店成为当日外电报道的中国重要新闻。

此时的肯德基，只不过由于新鲜而吸引着中国人，与中国人的真实生活，还隔着远远的距离。但是，花几十块钱就可领略一下我们以为的"西方生活方式"，这样的有意无意的商业噱头或自我暗示，对于长期与消费主义绝缘的中国人显然是十分有效的吸引力。哪怕只是一个小洞，洪水都会最终汹涌而出，肯德基相信美式快餐的好日子很快会来到。他们猜对了。

由于单店开店成本很高，产品价格偏高，而当时的中国百姓购买力非常有限，对于大多数中国家庭来说，去肯德基只是为了尝一尝新鲜，很难形成经常消费。而由于供应链打造困难，也没有办法提供更多的产品。前门店刚开业时，餐厅售卖的品种其实非常简单，只有原味鸡、鸡汁土豆泥、菜丝沙拉、面包、可乐、七喜、美年达、啤酒等八种产品，两年以后，才有 4.5 元的汉堡面世。

当时一块原味鸡售价 2.5 元，相比较中国当时的消费水平，可以算得上高消费，不少家庭要攒上一个月的收入来尝一尝肯德基。1987 年，中国普通干部的月工资收入不过 100 元左右。而在媒体上，关于洋快餐该不该在中国迅速发展的争议也不绝于耳。

在前门店开业后的两年时间里，肯德基在中国只有四家店，北京三家，而且其中的一家最终关闭；上海外滩有一家，但是当时的外滩几乎没有商业，仅靠少量的外国客人惠顾，生意并不红火。

肯德基的进入向世界发出了一个信号，改革开放背景下的中国成为世界商业大佬竞争和发展的舞台。

在肯德基进入中国三年后的 1990 年，麦当劳开始了其逐鹿中国的旅程，1990 年 10 月 8 日，中国第一家麦当劳餐厅在深圳开业。1992 年 4 月在北京的王府井开设了当时世界上面积最大的麦当劳餐厅，当日的消费人次过万，之后，麦当劳和肯德基两大快餐在中国开启了你追我赶的商业竞争，到 2004 年底，麦当劳的连锁店在全国的总数约为 600 家。而同期，肯德基在中国的数量已经增至 1200 家。两家连锁餐厅的数量日前还在增长。

在麦当劳、肯德基逐鹿中国的时候，中国老百姓的生活已经进入快餐时代。快节奏的生活方式带来了高效的生产与商业运动，也催生了快餐产业。

在工业化、标准化利器下，安全卫生、快速便捷的餐饮，成为现代生活的标志之一。

从当初在北京前门那条长龙中等候近一个小时购买一块原味鸡，到20多年后满大街的连锁店，今天的顾客们一边啃着汉堡一边抱怨着这东西的高脂肪、高热量，肯德基这类快餐食品早已经没了什么文化和身份标签，而成为中国人城市生活的一部分。

然而，当我们回顾1987年时，却会饶有兴味地看到，一个现在看来毫不稀奇的美式快餐店的出现，在当时的中国却几乎当然地成为一种我们即将加入的新生活方式的象征和滥觞。

与许多产业一样，快餐文化也是在一片欧风美雨的洗涤下开始了民族产业的复兴。对于有着悠久餐饮文化传统的中国，快餐概念的形成也成为中国餐饮进入工业时代的又一次革新与挑战。

近20年来，打出各种旗号和洋快餐"叫板"的中式快餐不在少数，但时至今日，非但未能动摇洋快餐的根基，反倒是很多中式快餐不战而溃。

1989年，当"荣华鸡"扬起挑战"肯德鸡"大旗之时，一时间可谓门庭若市，效益最好的上海黄浦店，一年就有300多万的利润。北到黑龙江，南到江西，都有"红底白字"荣华鸡的分店。在一些地段，"荣华鸡"的生意的确超过了洋鸡，让中式快餐着实扬眉吐气了一番。

然而，2000年底，随着北京的最后一家上海"荣华鸡"快餐店从安定门撤出，"荣华鸡"为期六年的闯荡京城的生涯画上了一个不太圆满的句号。1994年底，从上海北上的"荣华鸡"也曾创下顾客冒雪排队等位的盛况，尽管"荣华鸡"也曾一口气在北京前门、东四等繁华地带开出了四五家分店，但最终，"荣华鸡"因为种种原因不得不一次又一次地摘下门楣上那块写着"荣华鸡，香喷喷"的硕大招牌。

"哪里有麦当劳哪里就有红高粱！"在"荣华鸡"挑战洋快餐之时，中式快餐"红高粱"开始举起大旗，"红高粱"要挑战的对象依然是麦当劳和肯德基。

1995 年 4 月 15 日，河南商人乔赢筹资创办了第一家红高粱快餐店，并选择在郑州最繁华的闹市二七广场开业，他之所以选择这个时间，这正是 40年前麦当劳开张的日子。乔赢有着极为浓重的"麦当劳情结"。一年前，辞职下海的他来到北京王府井，麦当劳快餐店中的人潮吸引了他。在那里，他呆了整整一天，按照进店人数和人均消费粗略计算，惊奇地发现这家店一天的营业额竟然高达 20 万元左右。此后一年的时间里，他的身影出现在了全国各地的麦当劳店，就在他深深思索破解"麦当劳之谜"的同时，"红高粱计划"也开始浮出水面。

乔赢首战告捷，并且迅速在郑州开设了七家分店，仅仅八个月，他从东拼西凑的 44 万元启动资金滚到了 500 多万元。正是这滚滚而来的财富远远超出了乔赢的心理预期，媒体开始了对"红高粱"的高度赞誉，而此时，乔赢的心也开始膨胀起来。为了达到迅速复制的目的，乔赢也开始以引资合作、授权加盟等种种方式进行筹资。1997 年前后，"红高粱"出现了资金危机，为了挽救"红高粱"，挽救自己的快餐梦，乔赢铤而走险开始向员工、社会各界高息集资。而此时，他依旧气势磅礴地宣称："三年内，"红高粱"要在全世界开两万家连锁店！哪里有麦当劳，哪里就有'红高粱'！"

1998 年 5 月，河南三星非法集资案告破，"红高粱"也因集资户纷纷讨债而终止集资。失去了资金血脉，乔赢的"红高粱"帝国奄奄一息，直营店负债累累，1998 年，"红高粱"开始全线崩溃，各地直营店纷纷倒闭，加盟店纷纷解约。

尽管麦当劳、肯德基依旧红红火火，但是与 80 年代相比，老百姓对于洋快餐的看法却发生了很多变化。

2003 年，在"两会"期间，全国政协委员张皎提交提案，称"洋快餐"中含有致癌物质，经常食用有害健康，他建议将危害人体健康的肯德基、麦当劳等"洋快餐"请出国门，至少应该严格限制其发展，以保护全体国民的身体健康。

该提案中写道，世界卫生组织（WHO）近日公布了一项最新发现：西方人的饮食习惯存在潜在威胁，其煎、烤、烘、焙的食物中含有致癌毒素——丙烯酸氨化物（简称丙毒），目前这一物质大量存在于"洋快餐"中。世界卫生组织也正式对外宣布：对西式快餐的化验结果表明，薯条、薄脆饼、烤猪肉与水果甜品上的棕色脆皮，以及大量油煎、油炸食品中都含有大量丙毒，部分食物丙毒含量超过标准的400倍。

张皎委员表示，"洋快餐"能致癌这一情况在美国现已引起普遍重视，美国工人西泽·巴伯已经把美式快餐（包括麦当劳和肯德基在内）告上了法庭，理由是快餐使他不健康，但中国则相对缺乏这方面的意识，仍在积极引进"洋快餐"。此外，除丙毒外，美式炸鸡中的过多激素也易引起儿童早熟或者肥胖，中国肥胖儿童的增多与此也不无关系。

他具体建议，对于麦当劳、肯德基乃至油条等中国传统油炸食品，有关管理部门应尽快制定出相关规定，限制其发展，并尽快开发出能为人们接受的替代食品。同时应该引导老百姓采纳更科学合理、有利健康的饮食方式和结构，以减少儿童肥胖、早熟现象以及糖尿病、高脂血症等与饮食直接相关的现代富贵病。

麦当劳、肯德基甚至让中国的很多父母有了几分"怕"的感觉。

也正是出于普通老百姓对于健康的关注，主打健康牌的中式快餐四处寻找发展的空间。目前，来自广东东莞的中式快餐连锁店"真功夫"已经从麦当劳、肯德基餐厅里面拽走了很多消费者。"真功夫"现已在深圳、广州、杭州、宁波、上海、北京等地开了超过250家店，并获得了风险投资公司三亿元人民币的投资，其最终目标是把自己打造成中国中式快餐第一品牌。

面对"真功夫"的快速扩张，麦当劳、肯德基把其当成了直接的竞争对手，将其列入"黑名单"。业内人士指出，这将是洋快餐"横行"中国内地多年来，中式快餐首次与其正面交锋。

　　有关统计表明，目前，我国快餐业年营业额约 2500 亿元，尽管 20%的份额几乎为麦当劳、肯德基两大品牌占据，但"产品强、品牌弱"的中式快餐依然占据了 80%的市场，在肯德基的汉堡包变得普通的年代，我们已经有心情细细品味中式快餐的滋味。

　　（摘自《不会尘封的记忆：百姓生活 30 年》，湖南科学技术出版社 2008 年 11 月版）

# 呼啦圈风暴

杨　叶

## 呼啦圈的诞生

如果你看过科恩兄弟 1994 年的作品《影子大亨》，你一定对呼啦圈——这种曾风靡全球的小玩意儿的诞生过程有点印象。蒂姆·罗宾斯扮演的小职员诺维尔，在纽约最大的金融财团收发信件。很偶然的机会，这位傻里傻气的年轻人被公司董事会相中，被任命为新的总裁。你也发现了，这有违常规。是的，诺维尔不过是陷入了一场阴谋：之前的总裁死后，董事们正需要一位"白痴"快速把公司股票价格拉到最低点，以便收购。老实人总是办砸事：诺维尔开始推广自己的小发明——呼啦圈。谁知竟一发不可收拾，呼啦圈成了当年最流行的休闲玩具，公司的股票也直线上升……

讲到这儿，我得提醒你，影视作品开头多会出现的那两行字："本故事纯属虚构，如有雷同，纯属巧合。"既然诺维尔的故事是虚构的，那么到底是谁第一个突发奇想，想出这个扭动屁股转圈的运动的呢？很遗憾，已不可考了。因为早在3000多年前，古埃及人就将干枯的葡萄藤制成圈在腰间转，古希腊人也曾用这种植物箍来减肥。在14世纪的英格兰，也流行过转植物做成的圈的运动。据说，呼啦圈（Hulahoop）的得名就源自18世纪初的时候，英国水手路过夏威夷时，发现当地的草裙舞（Huladance）和转藤条圈的运动有异曲同工之妙。

然而，不可否认的是，真正将这股呼啦圈狂热散布到世界的是两个美国人：理查德·内尔和阿瑟·梅林。

和电影中傻乎乎的诺维尔相反，这两个人非常精明。他们从小一起长大，后来还是南加州大学的校友，最后又成了创业伙伴。内尔的儿子查克回忆说："他们都是非常有趣的人，而且交情匪浅。他们的关系，就像约翰·韦恩和海明威的关系一样，非常铁。"

1948年，在内尔家的车库里，这两个刚20出头的小伙子成立了一家叫作惠姆·奥（Wham-o）的公司，生产弹弓。人们可以用这种弹弓向空中射肉丸，以训练猎鹰。公司的名字Wham-o就来源于弹弓所发出的声音。他们认识的一位理发师建议他们在杂志上登广告，尝试邮购。一开始，生意异常冷清，最困难的时候，两人每天只靠两美元度日。

命运是个很奇怪的东西。1957年3月的一天，内尔和梅林迎来了他们一生中的重大转折。在参加一个纽约玩具博览会时，有个熟人告诉他们，有一种大木圈正在澳大利亚各地流行，孩子们把它套在屁股上转着玩。回到公司后，内尔和梅林便开始制造木圈。但他们不喜欢木头的，就想用塑料来试试看。5月，他们的作品出来了，是用花花绿绿的聚乙烯管做成的直径3米的圆圈。

梅林首先在邻居家的小孩身上做了个现场试验，孩子们非常喜欢这种新玩意儿。这让他们信心大增。他们策划了一系列的推广活动，比如在公园里搞个比赛，谁能掌握呼啦圈的玩法，就把它送给谁。他们还要求公司经理出差的时候一定要随身携带，并将这种新玩具送给孩子们。推广呼啦圈甚至成为他们的家事。查克回忆说："我妈妈和梅林的妻子当时忙于在全国各地的公园和休闲中心演示呼啦圈运动。"

接下来，你就已经很清楚了，几乎整个世界都为之疯狂了。

## 转圈风暴

1958 年的夏天，这种空心的塑料圈，被称为"呼啦圈"的东西，像一股风暴，横扫美国，然后蔓延到全球。

在美国，每个人都必须拥有一个呼啦圈。三岁的小孩有，小学生、中学生、他们的父母，人手一个。甚至那些不太富裕、平时花钱节省的家庭，也必须给自家的小孩买一个。由于市场需求太过旺盛，内尔和梅林的公司不得不加紧生产，日产量很快达到两万个。

四个月之内，公司共卖出 250 万个呼啦圈。

两人迅速赚得盆盈钵满。虽然注册了商标，但由于没有专利权，其他公司的仿制品纷纷出现，也算是分到了一杯羹。

在德国，使呼啦圈运动得以推广的是职业拳击家马克斯·施梅林和他的妻子、电影明星安妮·昂德拉。不过当时，德国人把呼啦圈称为"呼啦轮胎"或是"运动型轮胎"。在汉诺威市，因为一些没有孩子的年轻夫妇不好意思购买呼啦圈，一家商店还很贴心地将呼啦圈包装好再出售。在英国，在《伦敦时报》的编辑刚注意到呼啦圈的狂热销售的前一周，已经有 25 万个呼啦圈卖出。

在日内瓦，当地人甚至用"呼啦啦"一词来表示困惑和惊奇。南非东北部的约翰内斯堡，只有白人小孩能买得起呼啦圈，所以慈善机构捐出呼啦圈给当地的黑人小孩。在东京，一向遵守公共秩序的日本人在体育用品零售商店门口排着整齐的长队，以便有新货补上的时候能第一时间买到。这股风也刮到了台北，一个仅能容纳7000人的体育馆因为要举行一场呼啦圈表演，涌来14000人，引发了骚乱。

当然也有不买账的国家。苏联就认为呼啦圈是空虚的美国文化的最佳佐证。除了苏联老大哥，新生的社会主义中国也是鄙夷这种"下流玩意儿"的。波兰是唯一一个从美国进口呼啦圈的社会主义国家。华沙的8个生产厂家每天能生产5000个呼啦圈，然而这根本不能满足人们的需求。托伦的一家国有商店不得不依靠警察来维持秩序，因为每当新货到店，呼啦圈迷们就一拥而上，店面被严重破坏。波兰国内呼啦圈短缺引发了人们的抱怨，一家杂志这样写道："如果国家轻工业和手工业部门还不重视呼啦圈的生产，那么在呼啦圈的发展上，我们将严重落后于国际水平。"社会主义国家玩资本主义国家的新玩意儿，在当时不是小事，《泰晤士报》专门刊出新闻，声称"呼啦圈已突破至铁幕的另一端"。而且社会主义国家的人民也不是真的如传说中那样，视金钱为腐朽，"在街上，你会遇到兜售呼啦圈的小贩，根据圈的大小，他们的要价在90到100兹罗提（波兰货币单位）之间。而实际上，他们买的时候，最高进价也才55兹罗提"。

## 呼啦圈在中国

当欧美人扭屁股转呼啦圈的时候，中国人正光着膀子热火朝天地搞"大跃进"。在沉睡的中国，当时绝大部分人不知道呼啦圈是种什么玩意儿，极少数知道的人也是把它视为"洪水猛兽"。1959年1月7日，《文化动态》刊出文章《西方堕落文化的畸形产物——玩"呼啦圈"》，把呼啦圈舞和"阿飞舞""脱衣舞"相提并论，并极不能理解同为社会主义国家的南斯拉夫为何对"呼啦圈"运动"大加赞赏，极力宣扬"，他们的"许多报刊常常登载英美等国女人穿着游泳衣跳丑态百出的'呼啦圈舞'的照片……这种激烈的

'娱乐活动'，不仅反映出西方文化的腐朽堕落，而且使得许多人遭到莫名其妙的伤亡"。不仅如此，呼啦圈的罪恶还在于，"'呼啦圈'的盛行，使得许多资本家大发其财。美国一家玩具公司在三个月内即售出了2000万个'呼啦圈'；英国一个星期内即售出25万个圈；日本目前日产两万个圈，仍供不应求，东京百货商店'创造'了每秒钟售出一个圈的'纪录'"。

1959年2月20日，《内部参考》刊登文章《呼啦圈舞风靡全波》来形容迅速席卷波兰的"呼啦圈热"："从华沙到中小城市到处都有人跳。在华沙首先是在一个不很正派的学生地下室剧团开始跳起来的，接着男女老少竞相效尤，许多高级干部的家属也在跳这种舞……去年年底，波兰国家工业部门共卖出了7000多个呼啦圈，尽管每个圈的售价高达180兹罗提（合人民币16元多），仍到处发生排队抢购现象，并出现了私人手工制造的呼啦圈和呼啦圈黑市……波兰的报刊好像对此十分提倡，电影厂拍了纪录片，报纸著文介绍……华沙体育界还开办了'呼啦圈'舞训练班，每人要交学费50兹罗提。最近，在'近卫军'体育宫举办了选拔'呼啦圈小姐'的比赛，由体育界的'闻人'做评判……我们所知道的波兰唯一反对跳'呼啦圈'的地方是格罗沙兹城的化学技术学校。这个学校宣布'呼啦圈'舞是一种道德堕落的舞蹈，禁止学生们跳。"

错过'呼啦圈'第一波热潮的中国人，在30多年后，还是和'呼啦圈'不期而遇。当然，和世界其他国家的反应一样，中国人也开始疯狂扭动起来。

1992年，《泰晤士报》这样描述这场迟来的狂欢："以往上午10点钟的休息时间，人们总是聚在礼堂里的乒乓球桌旁，但如今那儿空空荡荡。无论老幼，人们都在转动着'呼啦圈'，也许这是这些中国人生命中第一次这么疯狂地扭动腰肢。"

呼啦圈"成了畅销货，人们把呼啦圈扛在肩上、挂在脖子上或者自行车的把手上，招摇过市。'呼啦圈'热已取代自行车拥堵，成为北京的第一大特色。从卡拉OK到按摩垫，从飞盘到变形金刚，北京人想跟上一切潮流。

虽然中国人通常不做剧烈运动，然而现在你可以看见穿着老式服装、年过七旬的老人都在公园里尝试这种新玩意儿"。

文章最后说："是的，美国50年代的印记最终还是打在了社会主义的中国身上。如果说中国的领导人能够学习利用资本主义，那么，中国人也能学会扭屁股。"

（摘自《读者·原创版》2010年第7期）

# MP3 中的智慧

因 此

在世界各地的任何一个大街小巷，如果你稍微留意一下，就能发现有这样一些人，不管是步履匆匆，还是悠然自得，他们独自沉浸在 MP3 的世界里。这些人中既有年轻人，也不乏头发花白的老者，或许不同之处只在于他们的 MP3 里所选择的声音文件不一样而已：可能是流行歌曲，可能是相声戏剧，也可能是丘吉尔的一次精彩演讲。国内外各大搜索引擎的统计显示，"MP3"已成为继"性"之后，最常被网络使用者查询的热门关键词。

那么，你知道 MP3 是什么人发明的吗？

MP3 之父是一位叫 Karlheinz Brandenburg 的德国青年。1989 年，他在自己的博士论文中，将数字压缩音乐研究结果公之于世。没想到，论文竟然引发了新一轮数字压缩技术浪潮。这位博士说："有人问我，这篇博士论文未来的下场会如何。我说，就像其他论文一样，躺在图书馆里落灰。谁料它会演变成使用者达数百万人（如今，MP3 的使用人数已经是个天文数字）的技术，简直就像做梦。"他将数字压缩软件放在网络上，免费供爱好者下载。只可惜德国的公司把它当作一个普通的免费软件，没有予以关注，更没有人考虑过这项伟大的技术中所蕴藏的巨大商机。

时间追溯到 1997 年 3 月的一天，三星公司的一位部门经理 Moon，在飞机上阅读一份关于 MP3 的科技简报。当他阅读完毕，发现他座位旁边的旅客正在听 MD（一种音乐播放器），他立刻想到如果发明一种能在网络上随时随地下载音乐的播放器，将会是音乐传媒技术的一场革命。回到韩国后，他将这个想法汇报给当时的总裁尹钟龙。可惜的是，当时三星正在进行重组，无暇顾及 Moon 的发展提案。1997 年末，亚洲金融风暴致使企业大量裁员，Moon 也未能幸免。他离开了三星，带着这个想法来到另一家韩国企业 Saehan（世韩，1995 年从三星分离出的一家公司），并在 1998 年推出了第一台 MP3 播放器 MPmanF10。

而现在，全球有无数的人享受着 MP3 所带来的便利和快乐。

人类社会的发展日新月异，得益于两种智慧：一种是发明创造，另一种是将别人的发明创造应用于社会。上帝好像很吝啬，没有创造多少兼备这两种智慧的奇才。但上帝又很公正，总是让一些人去做优秀的科学家，让另一些人成为出色的商人。

伟大的科学家很少，因为科学家除了要有相当高的智力水平外，还得有坚持不懈的毅力和吃苦耐劳的精神；成功的商人也很少，因为成功的商人不仅要对商机有着敏锐的嗅觉，还要能抓住稍纵即逝的思想火花！

（摘自《读者》2007 年第 9 期）

# 我为什么回国

张朝阳

我到美国考取的奖学金项目是由李政道发起的，这个项目每年从中国招100个学生到美国去学习。考这个项目的时候，全国各大学筛选出来700个人参加考试，清华送出一个有25人参加的代表队。说实话，所有能来参加考试的人其实都是各学校的尖子，几乎每个人都有远大的抱负，想拿到诺贝尔奖、想当物理大师的比比皆是，每个人都特别狂。而且在应考阶段，主考方面把大家放在一起，一天24小时让他们在各个方面进行较量，这就把学习变成了一场非常艰苦的心理搏斗。

这个项目最终的录取人数为100人，所有这700名学生都经过了严格的三天考试。那次清华有八个人考上这个项目，我就是其中的一个。这场竞争给我留下的印象之深，至今都让我觉得有一种"曾经沧海难为水"的感觉。事实的确如此，现在经常有人问我："在面对风险投资时心理压力能不能承受？"我则回答："这些压力比起我在清华参加考试时的压力要小得多。"

那时候我正十八九岁，在这样的年纪就必须面对这种竞争，对人的心理折磨是很厉害的。所以我从那时候起就开始冬泳，当时自认为是锻炼身体，现在仔细想想那实际上是在进行一种自我虐待，是想通过一种非常艰苦的过程来向自己证明自身的坚强。

这场竞争最终把我带到了美国。

我靠着这个奖学金项目到美国之后，辗转进入了麻省理工学院搞凝聚态物理。现在想想其实我挺为自己觉得幸运的。麻省理工学院本身的校风非常务实，我从这种务实的校风里体会到不少正确做事的方法。

1993年年底我拿到博士学位，这时候的我已经开始对物理以外的很多事情感兴趣起来。

那时候华尔街的人认为麻省理工学院的学生都很聪明，尤其是学物理和学数学的，所以他们的人愿意到我们学校来招人，我的很多同学都因为这个原因到华尔街当股票分析员去了。

但是我当时觉得在美国呆了这么长时间，最能发挥我作用的是必须做一些跟中国有点关系的事情，不然我跟美国人比起来几乎可以说没有什么特长。经过仔细为自己分析，我觉得对当时的我来说，最直接的一条路就是留在麻省理工学院做跟中国相关的事情。那时候我的导师已被提升为副校长了，而且我们学校也真的有和中国发展一些关系的设想，校方就任命我来做这些事情。在行政上，校方把我放在一个叫作企业关系部的部门里面，专门负责跟中国方面的联络事务。其实，这个职位等于是为我这样一个人凭空创造出来的。

从此我在这个职位上开始了完全与物理无关的工作，更多的是跟别人吃饭，做国际关系，在学校里接待中国来访的官员，也安排校方领导到中国访问。

我明白我当时所做的事情使得我在这个社会所受到的重视程度跟我想得到的重视程度根本不相符，所以我一直觉得特别迷惘，不明白自己的人生为什么这么艰难，自己为什么生活得这么痛苦。但是，每当我回到国内的时候，我就能感受到一种非常明显的理直气壮。

真的，那时候在国内遇到的任何人，我觉得他们都活得那么理直气壮，哪怕他们是在跟人吵架。而我在美国见到的华人，不管他是做什么的，哪怕是高级教授，都给我一种疲弱无力的感觉，我相信这是长期客居他乡给人造成的外在精神缺憾。

我同样观察到在北京的美国人也一样给人这种感受。也就是说我在北京看到的美国人和在美国看到的美国人感觉是不一样的。在北京看到的美国人大多也给人疲弱、苍白的感觉，而在美国看到的美国人都显得生活很充实、很忙碌的样子。

所以，这个问题不是华人在美国有没有受到歧视的问题，而是你究竟有没有主流文化的感觉。你不在主流文化里面，你的生活中必定缺乏营养。

我常常这样觉得：任何离开从小长大的环境到另外一个文化圈子里面去的人，都不太可能在新文化圈子里融入主流文化，哪怕这个人外语讲得再好。

这些思考让我得出的体会是：如果我跟美国人之间想达成类似中国人之间的那种"一回生二回熟"的信任，以求谋得一些商业利益，可能需要很长时间。这让我觉得作为一个在自己文化圈中运作的人可以利用的社会资源特别特别多。

这样的一种思考贯穿了我整个1994、1995年反复回国的过程，我越来越觉得自己只有回到国内才能做出更大的事情。

当我把我的这个想法说出来之后，我周围的很多朋友都很不理解为什么我要放弃。

我知道这些人能有今天都是靠他们自己奋斗得来的，再加上他们已经在美国呆的时间很长了，你问他："想不想回国?"他们一定回答："不想回国。"如果你再问他："在美国生活得快乐不快乐?"他们一定会说："我在这儿挺好的。"根据这样的回答你会得出这样一个结论：中国人在美国混得都挺好的。但是如果你把时光压缩一下，比较一下这些人在出国前怀有的满腔抱负和他们现在在美国所处的境况，就会发现他们在自己的理想和抱负方面已经大打折扣了，也就是说他们已经对自己无所求，求的就是稳定和安逸的生活。

这点毫无疑问是和仍旧留在国内的人不大一样的。我回国之后见到国内的三四十岁的知识分子，他们一个个基本上还和以前一样，都还是忧国忧民主义者。

美国社会整个一切一切的事情基本上都跟我们在文化圈之外的人没有关系。长期处于这种状况下的人慢慢就会忘记了当初的抱负，只是看到了一些表面的东西：在郊外有一栋洋房，有几辆车，孩子能上最好的大学。或者扩大一点来说，一个议员要到华人社区来募捐竞选，大家都去参加参加等等。如果总是停留在这样一些活动中，他们就会不知道这个圈子之外还有一个更加辉煌灿烂的、主宰和控制美国的东西。

老实说我在回国之后的这三年里见到过许多很核心的美国人，比我过去呆在美国那么多年所见到的美国重要人物要多得多，我同时也知道了主宰美国这个社会的这些人都在干什么。

如果我像过去一样停留在美国的话，这些人我是不可能见到的，或者说我可能要花很多时间才能见到他们，才能和他们一起做生意，但是我立足于国内再回到美国之后，由于我带来的是一种他们所没有的机会，我和他们的这种交流和合作就格外受到重视。

在国内的这三年我更清楚地看到了主宰美国这个社会的主流在什么地方，所以越回国呆就越觉得当时所作的回国决定绝对正确。当年我在美国虽然在麻省理工学院工作，但是我还是觉得自己不在美国主流社会里面，包括我们学校里一些很著名的院级华人教授我都不觉得他们生活在主流社会里面。华人在美国处于亚文化这事情是绝对的，这并不因为你上过美国的什么学校就能够改变。

在美国如果我去酒吧喝酒的话，我甚至不如当地一些做蓝领工作的人知道的事情多，我在那里看到一帮美国人在谈论周围发生的各种各样事情的感觉，都让我觉得自己是外人。

而后来我回到国内来，我从国内出租车司机、餐馆服务员、走在街上的人们身上也能够感受到人活在自己的国土上、在主流文化的圈子里的那种津津有味。

说到回国，又必须牵涉出另外一件事情和另外一个人。

他是我同学的同学，他从哈佛商学院毕业之后准备开办一个商务信息发展公司，而且他准备开办的这个公司已经进入了筹备阶段。他是美国人，父母给了他一些钱，他的公司叫 INTERNET SECUR ITIESINC.（简称 ISI），比照当时非常受欢迎的"美国在线（AMERICANO NLINE）"，他想做一个"欧洲在线"，我当时其实正在想做一个"亚洲在线"或者是"中国在线"。

因为他的业务要在全世界发展，所以他需要在中国建立一个办公室来收集中国的商业信息，这样的话他需要派一个人到中国来。当时我急需回国，所以我忍受了非常低的工资待遇。但是有些话我是和他明说了的，我告诉他我虽然接受了 ISI 的工作，但我最终还是要开办一个自己的公司，所以我要他给我一定的时间来探索这件事情的可能性。我的这位朋友很开明，他允许我有百分之三十的时间来研究自己的事情。

我就这样带着他人的使命和自己的想法回国了。

也许是因为我在美国一直呆在学校里，即便后来工作了，但时间也不长，因此我对物质生活的要求也不是很高。回国后的前几个月我一直住在一个既当办公室又当住处的二星级酒店里，房间只有 24 平方米，热水也时常并不很热，条件很不好。但与此同时我能够看到周围的人都是和自己一样的人，这种感觉让我觉得心情很好。

时间很快地就到了第二年。第二年的 4 月份我回美国开会，特意绕道麻省理工学院商学院去，找以前我认识的一位教授爱德华·罗伯特谈，那时候我已经对自己的公司有一点初步的想法。我的这个想法得到了这位教授的支持，他愿意拿出一笔钱来帮我成立这个公司，但是他提出还需要另外有人一起投资共担风险。

到 1996 年 11 月份的时候我最后落实下来的只有两个人，筹集到的资金总额为 22.5 万美元。有了这笔钱之后，我回到中国来开始探索自己的新公司该怎么做。

1997 年一整年的时间我都在探索新公司的专业发展模式，首先我决定我们的公司主要做内容，而不是做基础结构的 ISP，也就是说我们不去管网络的基础结构，而是管网络所蕴含的内容。后来我们做了一阵又决定应该集中精力来帮助别人分类整理内容，而不是去做原始内容。

到了 1998 年 2 月份的时候我们把自己主要业务的产品起名叫作"搜狐（SOHU）"正式推出，我们网站一炮打响，从此"搜狐"成为中国互联网第一品牌。

1998 年是我们推出"搜狐"以后进入巨大增长的阶段，而在资金方面，到1997 年 11 月份我手里的 22.5 万美元就已经快用光了。9 月份我又到美国去融资，这一次融资就应该算是比较正式的风险融资了。

这一次其实是非常艰苦的融资过程，因为你站在中国的国土上到美国去融资或者说要想说服美国人往中国投钱，这件事本身就是非常非常难的。当时对方担心的主要问题在于究竟中国有没有市场。这在美国人来讲心理上有一个很大的台阶要上。所幸那次我一共融来了 200 多万美元，是英特尔（INTEL）公司和其他几个公司联合投入的。这样的话，1998 年整个"搜狐"的发展就不缺资金了。

迄今为止，我们公司业绩发展不错，到 1998 年公司的收支已经可以靠广告持平了，公司 1998 年全年的收入达到 100 万美元。而且更为重要的是，现在国内的人已经开始对"风险投资"这个概念持接受态度了，在这方面我们算是国内的一个典范，人们一提到风险投资就会提到我们的"搜狐"。

现在，国内的风险投资甚至已经成为一个相当时髦的概念，所以现在的融资和过去相比变得容易多了。但是由于我们有很多东西都还处于探索阶段，这就带来了很多危机和很多危险性。但是我们绝对看好自己的事业，互联网能够在美国乃至国际上取得那么大的成就，在国内也一定能行。美国很多成功的模式在中国最后肯定也能够获得成功，对此我深信不疑。

在过去的三年里，我在公司里做的一直是管理工作，现在我们的公司已经有100多人了。我的管理经验也从管理一个人、两个人一直成长到现在，到年底，我们的员工人数大约要增加到200人。

走到今天，自己回想一下，如果没有美国的经历，我会在好几个方面比较欠缺。到美国去生活使我见了比较大的世面，理解了世界上除了一种国家的生存形态还有另外一种形态的生存，同时也体会到美国人定义下的平等概念。在我看来，这种平等的概念特别重要，所以我在价值取向上没有很强的等级观念。

当然，除了没有等级观念之外我还获得了危机意识和生存意识。我在美国奋斗了九年多，那种危机感一直都跟随着我。而且，在美国的这么多年里见识了很多人的各种各样的生活方式以后，我已经不会很狭隘地保留一种小人得志的感觉，可以生活得非常平民化，这些都是综合了美国给我的各种观念而成的，比如平民精神，比如平民文化，比如见过世面，比如边缘人心态，等等。

但是我一直有一个观念，那就是我觉得自己并不是儒商，之所以有这样的想法，也是因为我去美国接受了这种平等的、没有官本位观念的概念。中国的儒商因为受到中国学而优则仕观念的影响，对于一些冠冕堂皇的大目标比较关注，相比之下，我比较崇尚美国电脑大亨比尔·盖茨的追求，他说："我这辈子没有什么要求，我的要求就是想要让每个人的桌面上有一台电脑。"这其实是很崇高的理想，这样他就可以形成百年老店，这样他就可以屹立不倒。

而在中国，儒商稍微做出了大一点的成就，他们马上就会想到政治上的、文化上的、忧国忧民上的事情，最后，他作决定的时候观念都可能模糊了。他在作很多决策的时候就开始头脑发热，从而变得不会去务实，不会去瞄准一件产品让它长期地发展，不考虑自己的产品真正能够为市场带来什么，这其实就是中国儒商自我发展的一种局限性。

至于我自己的目标，其实很简单：我最终希望公司能够在华尔街上市，我的心愿是要把它变成更大的品牌。

发展到今天这样一步，我认为我们这批人当百万富翁的可能性很大很大，因为我们已经占据了一个有利的地形，我们有很强大的风险资本的支持，我们有一个很好的队伍。如果说中国互联网上能够有人成功，我认为非我们莫属。

我觉得在国外接受过教育再回国来创业，走这样的一条路很好。一个知识人才如果单独在国内发展会受很多限制，这种限制来自多种方面，因为西方的商业操作是非常成熟的，中国搞市场经济也就十几年，所以中国在市场操作方面是很幼稚的。因此，在经营操作方面我绝对推崇美国做法。

未来我会一直生活在中国，我不想到中国来挣一笔钱又回美国去居住。

我告诉你一个让我自己也觉得奇特的感觉，对美国，对我去美国交涉事情的城市，我每每完成了在那里的事务之后，那个城市就让我觉得倏然陌生起来。

惟一不变的是我还是喜欢喝咖啡，我喝咖啡已经可以算是一种情结了，就跟抽烟一样。

我觉得自己享受的不只是咖啡的那个味道，还有由那个味道所诱发的思想和那种拿着杯子坐在那种环境中的氛围，这其实已经是一种文化了。

我有时候自己喝，有时候和别人一块儿喝，有时候也在喝咖啡的时候写东西。

这时候的咖啡之香充满心脾和周围，我告诉过你这是文化。

（摘自《读者》2001 年第 8 期）

# 我的 1999

吴晓波

　　1999 年，马云在杭州自己的家中创办了阿里巴巴，他对追随他的 17 个人承诺，将带领他们打造出全世界最牛的电子商务公司。不过，因为只有 50 万元的创业资本，所以每月只能给每个人发 600 元的工资。

　　1999 年，深圳润迅的年轻工程师马化腾把大学同学张志东叫到一家咖啡馆，急切地说："我们一起办一家公司吧。"他们又招揽了另外两位同学和一位懂销售的朋友，凑齐 50 万元，创办了腾讯。

　　1999 年，在上海一家国有企业当董事长秘书的陈天桥面临一个恼人的选择，他是该拿仅有的 50 万元去买一套房子呢，还是用它去创业？在妻子和弟弟的鼓励下，他决定冒险，辞职创办了盛大。

　　这几个发生在 1999 年的 50 万元的故事，已经成为当代青年创业史上的传奇。

　　其实，那一年，我也有 50 万元。

1999 年开春，我的同事、好朋友胡宏伟约我去浙江淳安的千岛湖搞调研。到了那儿，县里的开发公司透露说，他们有意将一些小岛拿出来做生态农业开发，鼓励私人承包经营。胡宏伟的小眼睛当时就亮了。

开发公司包了一艘船，带着我们遍览全湖，很豪气地说："你们要哪片地都可以。"

千岛湖还有一个名字，叫新安江水库，是新中国成立后的第一个大型水利建设工程，为此迁移了 30 万人，淹掉了整个淳安老城，龙应台的妈妈家就沉在了湖底。这里的山水号称江南第一，水质之佳更是举国无双。

舟行水面，排浪碎玉。宏伟像个农民一样蹲在船头，望着湖面痴痴出神，这个神情深深地打动了我。他是当时中国最好的报道农村的记者之一，对土地、庄稼有宗教般的热情，"如果咱们有这么一个小岛……"他用极诱惑的语调，欲言又止。

接下来的事情是：他先给农业部产业政策与法规司打电话，认定此事合法。然后，与我一起看中了东南湖区一块 140 多亩的半岛山林地。开发公司伐去山上的松木林，我们种进去了 3000 多棵杨梅树。杨梅属乔木植物，从苗木入土到结果采摘长达八年，农民很少有人愿意成片开发，因此，我们的半岛便成了杭州地区最大的一片杨梅林。

承包半岛、种植苗木、建筑房屋，花了我们 50 万元。

如果，在 1999 年，那 50 万元没有用来买岛，而是去创业；如果，那年在杭州的马路上骑自行车，碰巧撞翻了马云，然后成了阿里巴巴的股东；如果，那年拿 50 万元全数去买了王石、李嘉诚或巴菲特的股票……有一次去大学演讲，跟同学们聊及这些"如果"，大家都嗨得如痴如醉。

其实，1999 年，我正在进行着一项秘密的写作计划。上一年，受东亚金融危机的影响，中国民营企业界发生了改革开放后的第一次大倒闭浪潮，爱多、南德、瀛海威、巨人等大批显赫的企业土崩瓦解，我行走各地，实地调研，将之一一写成商业案例。

2000 年 1 月，此书出版，取名《大败局》，它改变了我之后的写作命运。如果用 1%的阿里巴巴股票，换一部《大败局》，你换还是不换？

半岛上的杨梅长得很缓慢，没少让我们费心。压枝、施肥、除草、采摘、销售，以及与周围的农户斡旋，每年都有诸多的烦心事。从投资回报率来说，农业从来不是一个赚钱快的产业。司马迁在两千多年前就说过了："用贫求富，农不如工，工不如商。"

这 10 多年来，我到岛上的次数并不多，每次栖居数日，又匆匆离开，回到喧噪嘈杂的都市里，归根结底我还是属于都市的。不过，那里带给我的别样的快乐，却是无法用金钱来量化的。

千岛湖的天是那么的蓝，空气中有种处子般的香气，天很近，草很绿，时间像一个很乖、很干净的女孩。在这里，生命总是很准时，没有意外会发生。院子里的草在该长起来的时候适时地长出来了，就像那些似是而非的烦恼，你去剪它，或不去剪它，都仅仅是生活的某一种趣味而已。

到了酷暑盛夏，我们会摇一只小木舟到湖中心，试试水温，觉得还可以，便跳下去游一会儿泳，然后躺在摇摇晃晃的小船上看天上的云。千岛湖的水真的很好，人在水中好像嵌在里面一样，一眼可以看到自己的脚趾。因为空气很清新，因而声音传得很远，岸边渔家夫妻打情骂俏的声音都遥遥地传来，听得很清楚。

我们的屋前有一片不大不小的草坪，正对湖面，种着七八种不同的花木，中央有一株长得很繁茂的桂花树，这是 1999 年从杭州运来种下的。每年桂花盛开，风过叶响，它就不停地摇，好像一个很喜欢显摆的小妮子。

人生的路，有的时候越走越窄，有的时候越走越宽，但每一次选择，都注定意味着无数的错过。

1999 年以后，我保持着每年创作一本书的节奏，我觉得这是一个职业作家的自我约束。这些书有的畅销一时，有的默默无闻，有的还引起了诉讼纠纷，但在我，却好像农民对种植的热爱一样，既无从逃避，又无怨无悔。

我们读书写作、创业经商，都是为了让自己的生活变得更好。不甘于现状，才有可能摆脱现状。同时，我们也应当学会不悔过往，享受当下。

人生苦短，你能干的事有很多，但真正能脚踏实地去完成的事却很少。正如索尼创始人盛田昭夫说过的那句话："所有我们完成的美好事物，没有一件是可以迅速做成的——因为这些事物都太难、太复杂。"

（摘自《读者》2015 年第 11 期）

# 1990 这一代

*杨 迪*

当恭小兵提出"80后"的概念时，他也许并没有想到会掀起如此长久不衰的风潮。"80后"一词从文坛开始逐渐被各个领域借用，并由此衍生了"70后""90后"这样以代际划分的人群。

与当年定义"80后"是"垮掉的一代"一样，"90后"也被标签化了。

但是这些都不妨碍"90后"的每一个人作为人的独立存在，这一代人的优与劣都清晰地折射着社会的影子。每一代人都是时代的产物，同时也会推动时代进步。

## 互联网一代

张伏睿，生于1990年的北京大男孩。1.85米的身高，阳光帅气，2011年6月刚刚大学毕业，在一家外企谋了一份工作。白净的脸上架着一副金丝眼镜，透着斯文，但遮不住眼中的智慧与焦虑。

在他刚刚学会走路的时候，中国步入"市场元年"。

1992年邓小平南方谈话，中国明确了构建"社会主义市场经济体制"的改革目标。经济的发展和开放程度日新月异，似乎所有的人都获得了某种解脱，开始跟随自己的意志决定自己的生活。不单单年轻人，成年人也开始调整目标，追求和选择实现自身价值的方式。

在那个年代，人们开始"下馆子"，女人开始"抹红嘴唇"，中老年人开始走进公园跳交谊舞，麦当劳、肯德基这些"洋快餐"也纷纷入驻中国。

社会的变化让幼小的张伏睿眼花缭乱，但他也是这些变革成果的直接享用者。"60后"的父亲给了他很大的宽容和自由，他的名字伏睿就是取自英文"free"（自由）的谐音。

9岁那年，张伏睿第一次接触了互联网，那是学校安排的电脑课。

据《互联网下的"90后"——"90后"大学生数字化生活研究报告》显示，跟张伏睿同一时期开始接触互联网的在"90后"群体中占26.1%，他们是中国人接触网络时最年轻的一批。

那一年，中国仅有400多万互联网使用者，而到2011年，据中国互联网络信息中心统计，中国网民规模达到4.85亿。中国青少年研究中心的调查显示，在7岁到15岁的中国儿童中，超过70%的儿童至少上过一次网，超过一半的城镇儿童家中有互联网连接。

在张伏睿的成长年代中，从未亲身经历过任何政治风波，被他评价为枯燥乏味的生活中，网络给了他另一个多元的空间。对于他和他的同龄人来说，使用互联网就像用筷子吃饭一样平常。根据《互联网下的"90后"》公布的数据，目前在"90后"中，"每天上网的人"比例达到61.6%。

使用网络的同时，"90后"也创造着新的网络文化。那些主流文化观所认为的错别字"介样""童鞋"等词汇，在"90后"眼中却充满着"萌"的意味。与此同时，也有10.6%的"90后"表示，最讨厌没有实质内容的网络恶搞语言。

实际上，"90后"对自己的生活有着清醒的判断。当他们的父辈唯恐网络化信息的繁杂对下一代产生不良影响时，"90后"本身已经清晰地看到网络的两面性。正在清华大学读大二的张荔雯告诉记者："网络带来了便利的同时，也带来了信息爆炸。"张荔雯坦言，她很少在微博或者论坛上发表关于社会事件的看法，"很多时候，对于这种新闻不能分辨是真是假。"她还记得自己看到"我爸是李刚"事件爆出的时候激动不已，她原以为，这一次终于可以把黑暗面暴露出来了。然而随着迷雾散去，事情真相呈现在世人面前时，她像一个泄了气的皮球，明白"那只是一个孩子犯了错误以后的某种求助"。所以，在此后的新闻事件中，张荔雯开始采取一种关注后静观其变的谨慎态度。

对郭美美炫富事件，很多"90后"也持批判态度，但并非出于仇富心理，而是基于自身价值观所做出的理性判断。西安的小梁在接受采访时说："一个人爱炫耀啥，就是缺啥，知道不？像那种人炫耀他有钱，那就是小时候穷怕了，现在有钱了赶紧跟别人说说。真正有钱的人都不显摆。"

## "我的事情我认定"

在多元化的社会背景下，想用统一的标签定义"90后"群体是一件很困难的事情，这种想法本身也遭到"90后"的控诉。

黄晓芸，土生土长的上海女孩，在上海一所高校读大三。她性格开朗，对事物有自己独到的认识，喜欢在网络上与其他人交流自己的想法。她认为，不适合给"90后"整体贴统一的标签，"我觉得'90后'的涵盖面太大了，每个人的性格特征都不一样，不能说随随便便就被谁代表了"。同样，清华大学2010级材料系的陈琨也说："每个人的成长都和其所处的环境有很大关系，以前是家庭环境，现在是学校。不同的人会有不同的风格。"

"每一个个体的可能性都比较多，这种个体性体现在每一个普通的'90后'年轻人身上。"专注于研究青年一代生活方式的调查机构"青年志"的创始人之一张安定这样描述这一代人。

《互联网下的"90后"》中认为，"90后"大学生对"个性"的理解具有个人化特色，有人认为是外在的物质体现，有人认为是性格上的差异。其实，面对很多事情"90后"大学生都会表现出异质思维，多元表达才是他们最重要的特征之一。

当社会的每一个元素都在高速蜕变时，人们的自我意识也随着社会的进程逐渐觉醒并变化。而这种自我的觉醒在"90后"这一代人身上，更是获得了普遍的体现，他们在不断地进行着自我尝试、自我探索。在张安定接触的"90后"身上，他体会到一种强烈的意愿，那就是"我的事情我认定"。

### 理性与平权

"作为'90后'，我等待'00后'的长大，我等待着肆意谩骂他们……"

这是"90后"众多自我辩护中较为偏激的一条。是的，随便在百度中键入"90后"一词，就可以搜出成千上万条批判"90后"的帖子，因为自从意识到"90后"的存在，他们就以一种夸张的形象进入了人们的视野，他们大多与非主流、叛逆、网络物、脑残等各式各样的负面标签挂钩。甚至当人们在街头巷尾提起"90后"时，脸上露出的都是一种嘲讽、戏谑的神情。

然而，北京零点公司副总经理张慧在与"90后"接触后"被完全颠覆了"。2010年11月，零点公司同时在北京、上海、广州、成都、武汉等5个城市抽取了2100个样本，对"90后"进行了一次全面调查。

张慧说："在跟'90后'接触的时候，最明显感受到的是理性。"

曾经在广州掀起舆论风波的"举牌哥"陈逸华正是这种理性的践行者。年仅16岁的他在反对广州地铁一号线的翻修时，选择了理性、克制的态度。2011年5月，他在接受采访的时候直言："谩骂和愤怒起不到任何作用。"

张慧评论说："在谈论严肃问题的时候，他们是非常理智和成熟的。"

在零点公司的调查中，一个个手拿 PS2、看日本动漫、哈日本偶像的"90后"中，却有 63.6%的人不喜欢日本。他们说，虽然反感日本，但他们不认同"抵制日货"这样的情绪化行为。在他们看来，日本仍然有很多东西值得我们学习。

在中国传媒大学广告学院校园营销研究所的调研中，沈阳的一位大学生对于"网络曝光"的方式发表了如下看法："确实是曝光了一些社会阴暗面，但是我觉得也侵犯了隐私。而且有时候网民曝的东西不一定是事实的全部，而是被部分夸大了。"

相对于前几代人"细嚼慢咽"式的接受信息方式，"90后""鲸吞"似的捕食各种信息，他们是公认的视野宽广的一代人。张安定说："'90后'在中学时期就开始面对互联网，更早地面对一个信息相对对等的世界，所以，他们也在更早地选择'我是谁'。"

正因为面对纷繁复杂的信息，"90后"对可能发生的事情早就有了间接经验。面对当下社会的诸多问题，"90后"已经早早表现出了一种自成体系的态度。对于环境保护、贫富差距等这些中国社会当前的热点问题，他们有自己的想法，并非人云亦云。

在《中国新闻周刊》与新浪网联合发起的调查《"90后"如何看待社会》中，对"现在社会环境"的看法，49.2%的人选择了"存在异议，理智对待，能迅速适应并融入社会"，更有 63.1%的人在面对与自己意见完全相反的群体时，选择"尊重对方的存在，但能坚持自己的独立见解"。

根据调查，张慧认为，"90后"是信奉平权主义的一代。对于权威，中国几代人呈现出鲜明的特点，"60后""70后"比较尊崇，"80后"开始质疑，有些挑战，"90后"则开始重新构建权威。他们崇尚草根英雄，有28.7%的"90后"的偶像是来自周围的普通人，他们坚持"怀精英之梦想，走草根之大道"，更多地认为成功靠自己的才干和努力可以实现。

（摘自《读者》2012 年第 3 期）

# 得承认我们有点儿羡慕自己讨厌的人

王　路

## 1

小时候，在很长的一段时间里，我讨厌穿牛仔裤。

我上学前班时，整个县城的人都不知道有牛仔裤这种东西。大家穿的是涤纶裤、涤棉裤、涤卡裤，潮一点儿的人穿西裤、皮裤。街上有很多裁缝摊，家家都有缝纫机，买块布，请裁缝或自己在家就能做条裤子。

我上小学二年级时，人们的衣服花样开始翻新，慢慢有女生开始穿喇叭裤、紧身裤。喇叭裤风靡一时，很快又销声匿迹。我的女同桌把紧身裤叫蛇皮裤，大概是因为紧身裤显腿形，像包裹在蛇身上的皮那样。

突然在某一天，开始有男生穿牛仔裤。最早是那帮翻墙头去录像厅看黄色录像的混混，他们拉帮结派打群架，还偷鸡摸狗。我觉得，穿牛仔裤的学生不是正经学生。好学生是不穿牛仔裤的，大人也不穿。

这个认知很快被打破了。似乎是一夜之间，全校三分之一的男生穿上了牛仔裤，大人穿牛仔裤的也越来越多。我还是固执地不穿，直到上了高中。

高中时穿牛仔裤有点儿被逼无奈的意思。我们上学那会儿每天要在教室里坐 14 个小时以上，从早上 6 点到晚上 10 点，中间吃饭都是匆匆忙忙吃完就回教室。屁股在板凳上贴久了，起身时，裤子就像老太太的脑门，长满了皱纹。

女生穿裙子，中午去食堂吃饭，屁股上千沟万壑；男生穿休闲裤，屁股上也是皱皱巴巴的。但只要换上牛仔裤，问题就解决了。从那以后，我越来越爱穿牛仔裤了。

然后，我开始讨厌周杰伦和《东风破》，因为周杰伦很流行。整个中学时代，我反感一切流行的东西——凡是流行的，都是混混狂追的。

对周杰伦的印象转好，是在三四年后。有一次，我填了首词，某前辈看了，说有"菊花台"的味道。我不知道"菊花台"是什么，以为是菊花茶或者像茅台一样的酒。上网一搜，才知道是周杰伦的新歌。听了《菊花台》和《千里之外》，觉得不错。后来又听到《烟花易冷》和周杰伦作曲的《小小》，就再也不讨厌周杰伦了。

## 2

时隔多年回头再看，才明白，我并不是讨厌牛仔裤和周杰伦，也不是讨厌那些翻墙头的混混。实际上，我内心是有点儿羡慕他们的。必须得承认，他们身上有我不具备的，甚至渴望的东西。但那时候，我并不清楚。

他们受女生的青睐。他们骑着单车载着女生满街跑，我不能；他们把情书折成千纸鹤的形状，写上情话跟女生缠绵，我不懂。

不懂就学啊！不，我不屑于学。在整个青春期，我都是这样的姿态：

"我学习这么好还没女生追，天理何在！混混有什么好的，不就是整天抽烟、喝酒、打篮球嘛！唉，女生真是瞎呀！"

现在我才知道，不是女生瞎，是我蠢。

虽然我至今都不认同混混们的许多行为，比如在街上逼其他孩子交保护费、打架、偷盗，等等。但不可否认，他们身上有我所匮乏的东西。

譬如，对新事物的热情，对自己喜欢的姑娘的那份主动，对朋友的慷慨义气。虽然这些未必会带来好的结果。比如，对流行事物过度追捧会让一个人盲目跟风，喜欢就追会让有的人换对象比换衣服还快，过于讲义气会让一些人偷家里的钱请同学去网吧打游戏……但只盯着这些糟糕的结果看，你就难以捕捉到在你对他们的深深厌恶之下，埋藏着的那一丝不易觉察的羡慕，甚至是嫉妒。他们毕竟拥有你不曾拥有却又想拥有的东西。

有些东西别人拥有而自己没有，是会有一点儿羡慕的；羡慕却得不到，是会有一点儿愤怒的；为了掩饰羡慕和愤怒，我们常常表现得很不屑。但并非真的不屑，实际上，我们需要从自己讨厌的事物中发现自身的匮乏之处。这并不容易，要抽丝剥茧，探究隐藏在行为背后的心理。

## 3

去年，我在郑州做讲座，有同学问："我觉得自己是怯懦的人，该怎样改变呢？"我说："我更想提醒你的是，不要太着急去改变。意识到自己的怯懦，本身就是改变。每个人之所以是现在的样子，是因为他一直被现在的样子保护着。"

一个人察觉到自己的怯懦，想立刻变勇敢，实际上却做不到，这种改变往往会让他变成粗鲁、无礼、草率、蛮横的人，唯独不能让他变成勇敢的人。他之所以不勇敢，正是因为他一直在受不勇敢的保护。改变不是一蹴而就的。

我们看见的常常只是冰山一角。说一个人怯懦或勇敢，都是十分笼统的，怯懦未必不是谨慎，勇敢未必不是毛躁。

我们需要接纳每一个时刻的自己。实际上，我们根本做不到永远不改变。接纳本身就意味着改变，更多的接纳也指引我们向更好的方向改变。我们会越来越明了什么更适合自己。

很多人之所以变成了自己曾经讨厌的样子，那正是他们不懈"努力"的结果。有些生活是我们想拥有的，有些生活是我们应当拥有的。应当拥有，是指拥有了会真正对我们好的东西。但人们往往把想拥有的东西，当成拥有了会对自己好的东西，这就是从情绪出发和从理智出发的区别，因为情绪和理智的不调和，人们往往会在情绪的驱动下做很多事情，然后后悔。

出于理智，我们可以迈出的第一步是，得承认那些我们讨厌的人和事身上，蕴藏着我们渴望和匮乏的东西——我们需要接纳的东西。

（摘自《读者·原创版》2017 年第 4 期）

# 书写，让我与故乡达成和解

阿 来

如果我们只是局限在自己出生的那个院子、那条小巷、那个村庄，也许这个故乡对我们来说是熟悉的。但是更为抽象一点儿，关于它的文化、关于它的历史、关于它背后更大的人群，超越我们熟人关系之外的那个构成社会的人群，到底是什么样？

当你思考这些问题时，一切熟悉的东西都变得陌生起来。这个时候，我突然就开始行走，我现在经常讲，我大概是中国最早的、还没有出现"驴友"这个词的那个时代的驴友。那个时候，我开始在我故乡的大地上行走。我们那个地方太大了。我出生的阿坝藏族羌族自治州有多大呢？八万多平方公里，我们一个县往往就是上万平方公里，徒步走一趟不容易。

今天有一个词叫"集体记忆"，它正在慢慢湮灭、消失。过去它是口口相传的，但是在我开始行走的那个年代，这些传说的湮灭才刚刚开始，所以我的行走恰逢其时。我就是这样不断地行走，不断地行走。那个时候，我突然就开始写作了，我觉得心里头好像涌动着一种用今天的话讲有点儿"高大上"的东西。

有一次我走了好多天才回去，我从身上掏出一把烟盒。一个朋友刚好看见，就问我："你拿一堆烟盒干什么？"我说我抽的。他说："问题是你抽完了不扔掉吗？"我说这次不一样，老子在上面写了东西。我记得其中有这样的句子，就是我登到一个山顶上后，写在香烟盒上的。我说我现在坐在群山之巅，我把头埋在双膝之间，感到风像时光的水流，漫过我的脊梁。河流轰鸣，道路回转，我说现在我要独自一人，任群山的波涛把我充满，任大地重新向我涌来。我坐在最高峰上，我坐在一座三千多米高的雪山顶上，这些句子不是为了写诗而哼哼唧唧牙疼一样写出来的，而是坐在那样的一个山顶上写出来的。

我又写，今天我又穿过一个村庄，这是我穿过的第十二个村庄，接下来我还要穿过一百多个村庄，而所有这些栽种着玉米、小麦、苹果树、梨树的村庄，放牧着牛羊的村庄，都跟我出生的村子一模一样。有一座水磨坊，有一所小学堂。晴天的早上，小学堂的钟声叮当作响，所有这一切都跟我出生的那个村子一模一样。所以，这些村子都是我的故乡，我不再把那个小小的村子作为我的故乡。我把青藏高原最壮丽、最漂亮的部分都看成我的故乡。直到现在，每年我都有超过三分之一的时间在这样的地域当中行走，跟这片雪域在一起，跟这儿的山峰在一起，跟这儿的河流在一起。更重要的是，跟这儿的老百姓在一起，跟这儿发生过的历史与当下的生活在一起。故乡是让我们抵达这个世界深处的一条途径、一个起点。

所以接下来我就开始书写故乡，开始写诗，开始写电影剧本，一直到我三十岁。三十岁之后，我写完我这辈子最后一首诗，叫作《三十周岁时漫游若尔盖大草原》。我说现在我看见一个诗人诞生了，他正从草原的中央向我走来，其实我写的是我自己。我把自己写得很伟大，他头戴太阳的紫金冠，风是他众多的嫔妃，他有河流般的腰肢，有小丘般的胸脯。我觉得，今天我背负着千年的积雪，眼前无比广阔，但是我说，从此我不再轻易说话。找到了跟故乡的这种关系，我觉得特别好，然后就开始说我要沉下心来思考。所以从 1989 年开始，我暂停写作。

到了 1994 年 5 月，那个时候我在一个小城，就是我家乡一个叫马尔康的地方。高原上的春天刚刚开始，我的窗外刚好是一片白桦树林，一天，那些白桦树突然开始发芽了。哎呀，我觉得这个发芽好像是一个暗示：你这么多年什么都没干，是不是今天该干点儿什么了？我突然在窗户底下打开电脑，想了一下，写了一行字。我写的是"冬天下雪，画眉出来"，这就是《尘埃落定》的第一行字。我的小说渐渐进入高潮，然后逐渐走低，最后随着主人公的死去戛然而止。我觉得通过这本书，我好像跟我的故乡达成了某种和解，我原谅了故乡曾经有过的种种粗暴，我觉得它在慢慢改善。

我想，故乡总是比我们个人更伟大，故乡总是沉默无言。她也可能觉得，这个人曾经这么叛逆、这么想逃离故乡，今天他却用这样一本书对我表达歉意。我相信故乡也充分接纳了我。现在，我的故乡可能还在发生一些使我感到陌生、感到诧异、感到不理解的事情，我也正在用我的笔进行书写。大家都知道，这是个自我意识高涨的时代，我们同一个国家的不同民族、不同人群之间，应该怎样互相尊重，怎样相处，我觉得我有责任对这样的一些问题进行探讨。

今天我的故乡还在发生另外一件事情，就是人们对于它的浪漫化的理解。浪漫化就是说，把另外一个地方的东西说得特别优美和美好，一厢情愿地按照自己所期待的一种关于青藏高原的想象去塑造它，去要求它。但它会给这个社会带来一些什么样的变化，我又应该在什么样的层面上来重新把握这个故乡呢？也许我们说的乡愁中的那个"愁"又出现了。既然上帝已经把我们变成可以思考的人，尤其是把我变成一个愿意不断用自己的实践、行走、写作来印证自己跟故乡之间关系的人，那么我相信，这种新的乡愁袭来也是一个命定的事情。那么我就接受它、拥抱它，而且带着这样一种乡愁，重新来书写我的故乡，表达我的故乡。

（摘自《读者》2017 年第 21 期）

# 那些互联网的弄潮儿

吴晓波

## 中国首批互联网人

1995 年 4 月，马化腾在深圳接待了一位叫丁磊的浙江宁波人。丁磊的身材与马化腾差不多，都是 1.8 米左右，更巧的是，他们都出生于 1971 年 10 月。

作为惠多网深圳站的站长，马化腾有义务接待"南漂"到深圳的惠多网网友。而此时的丁磊，正是一个迷茫的无业青年。他毕业于电子科技大学，主修微波通信专业，辅修计算机。这是一位对电脑有着狂热爱好和超人直觉的技术天才，而且从一开始就打算创办一家属于自己的电脑企业。在大学同学录上，有同学给他留言："希望你早日实现拥有自己的电脑公司的愿望。"大学毕业后，丁磊回到家乡宁波，在电信局当了一名工程师，在机房里，他成为惠多网最早期的前 100 名用户之一。也正是在那时，他知道了深圳的马化腾。

到 1995 年春天，丁磊再也无法忍受平淡而乏味的生活，他决定"开除自己"。这一想法遭到家人的强烈反对，但他去意已决，"这是我第一次开除自己，但有没有勇气迈出这一步，将是人生成败的一个分水岭"。他孤身一人跑到热浪滚滚的南方，到处乱逛，拜访了几位网上已十分熟稔却从未见过面的网友，他想看看他们到底长什么样，有什么稀奇的想法。在深圳，他遇到了同样焦躁而找不到方向的小马站长。这一年 5 月，丁磊加盟了一家美国数据库软件公司 Sybase 的广州分公司，成为一名技术支持工程师。

正当技术员出身的马化腾与丁磊在南方茫然对望的时候，一些看上去与信息产业毫无专业关系的人手忙脚乱地踢开了一片新天地。

就在那年 4 月，一个叫马云的 31 岁大学外语教师在浙江杭州创办了"中国黄页"网站，它于 5 月正式上线，自称是第一家网上中文商业信息站点。马云想要创造一个面向企业服务的互联网商业模式，赚钱的方法是鼓动企业把自己的商业信息挂到网上。

1995 年 5 月，应用化学专业出身的张树新与丈夫在北京创立瀛海威公司。她的"瀛海威时空"宣称是国内唯一立足大众信息服务、面向普通家庭开放的网络，"进入瀛海威时空，你可以阅读电子报纸，到网络咖啡屋同不见面的朋友交谈，在网络论坛畅所欲言，还可以随时到国际互联网络上走一遭"。在中国互联网的初创时期，瀛海威扮演了启蒙者和领跑者的角色，它是第一家形成了公众品牌效应的网络公司。张树新在中关村白颐路（现称中关村大街）南端的街角处，竖起了中国互联网产业的第一块广告牌："中国人离信息高速公路有多远——向北 1500 米。"它被很多人当成了路标。

7 月，已经拿到麻省理工学院物理学博士学位的张朝阳碰到同校的尼葛洛庞帝，一下子被互联网迷住了。他决定放弃当一个"李政道式的物理学家"的理想，投身于更让人激动的"数字化生存"。在尼葛洛庞帝的协助下，张朝阳成功融资 100 万美元，于这年年底回到北京，想做一个叫"中国在线"的项目。

日后证明，马云等人走在了一条正确的道路上，尽管他们将遭遇种种挫折，而且并不是每个人都走到了成功的终点。

进入 1996 年，随着华裔青年杨致远在美国的巨大成功，雅虎模式成为中国互联网创业者们竞相模仿的对象。而一直为找不到网站模式而苦恼的张朝阳则决定完全照搬雅虎，他请人开发中文搜索引擎，起名"搜狐"，极像雅虎的"表兄弟"。

## 我们一起办一家企业吧

从 1996 年的下半年开始，内秀喜静、一向与同学走动不多的马化腾经常跟张志东泡在一起。

在几位腾讯的创始人中，张志东是唯一的宝安当地人，自称"土著"。

大学时期，张志东与马化腾同班，不过关系并不密切。"我跟他不是一个寝室的，他在 701，我在 725，在楼道里隔几个房间。"回忆那时的马化腾，张志东的印象是，"他挺有毅力的，早上经常绕着学校跑一圈，应该跑了蛮长时间的，我也跑了一阵，后来没坚持住。"张志东不喜欢运动，他痴迷围棋和象棋。

本科毕业后，张志东到华南理工大学读研究生，那是中国南部最好的工科大学。在几个创始人中，张志东的计算机算法技术是最好的。他个子不高，外表憨实，甚至性格有些木讷。他总在那里微笑，不过内心坚毅、敏感。也许是家境稍好的原因，张志东从小对物质没有太多要求，即便在腾讯上市，他成为亿万富豪之后，他在很长时间里开的仍是一辆并不奢华的宝来轿车。

1996 年 9 月，研究生毕业后，张志东回到深圳，进入马化腾曾经实习过的黎明网络公司。他被分在一个专门为电信企业服务的小项目组里，负责给一家寻呼台提供网络服务。就是在那时，他遇到了三年没有联系的同班同学马化腾。

这是一个十分戏剧性的情景：张志东发现这家公司的一台服务器经常莫名其妙地死机，经过分析，他认为应该是有黑客入侵。他通过一些异常的访问日志调查来源，很快追溯到了 IP 地址来自罗湖区的润迅公司。在记忆中，他唯一认识的润迅人就是马化腾，而这位同学在大学时就是机房里出了名的病毒高手。于是，他拎起电话就拨给了马化腾。

"这是你干的事吧?"他用不疾不徐的语气直接问。

电话那头传来的是一阵熟悉的"呵呵"笑声:"我就是来试试你的水平。"

马化腾提出见面，约的地点是黎明网络公司附近的名典咖啡馆，这是华强北一带非常出名的程序员聚集地，灯光昏暗，人声鼎沸，来自天南地北的年轻人在那里密谋着他们青涩的梦想。就这样，老同学又走到了一起，在后来的一年多里，他们经常在周末见见面、聊聊天，发生在互联网世界里的种种新闻让他们嗅到了暴风雨即将来袭的气息，他们像海边的两根芦苇一样兴奋不已。

对此时的马化腾来说，尽管北方的张树新、张朝阳等人的动静让他颇为羡慕，可是真正刺激到他的，却是那个不久前刚刚接待过的惠多网网友，来自宁波的同龄人。

丁磊在 Sybase 上班一年后，又跳槽到一家叫飞捷的互联网服务提供商，他在那里用火鸟程序搭了一个基于公众互联网的 BBS 系统，从此告别了相对小众的惠多网，也告别了马化腾。这时，他留意到一个互联网的新动向:1996 年 7 月，美国人杰克·史密斯推出了免费电子邮件系统 hotmail;一年后，比尔·盖茨以 4 亿美元将其收购，并把它运行于微软的 Windows 平台上。丁磊敏锐地意识到，电子邮箱将是一个前途无量的互联网基础服务。他拿出全部的 50 万元积蓄，悄悄注册成立了仅有三名员工的网易公司，然后与华南理工大学的二年级学生陈磊华一起，开发出第一款中文免费电子邮箱系统。

这个发明让丁磊成为中国互联网产业第一个赚到真金白银的创业者，他把这个邮箱系统以 119 万元的价格卖给广州电信旗下的飞华网。之后，全国各地电信公司开办的网站——当时大多叫作"信息港"，比如北京信息港、成都信息港——纷纷向他采购。丁磊每套售价 10 万美元，凭借这一系统，他很快成了一个声名鹊起的百万富翁。

丁磊的故事让小马站长再也坐不住了，他后来说："我在润迅的时候也曾想到要开发邮箱系统，但是晚了，当时也没有人支持我，就我一个人在做。丁磊搞出来了，成立了公司。应该说我受他的影响，就觉得互联网好像还是有机会创业的，所以也想做些什么事情。"

1998 年春节后的某一天，马化腾约张志东聊天，在润迅公司所在的金威大厦附近的一家咖啡店里，他突然对张志东说："我们一起办一家企业吧。"

## 崛　起

绝大多数人的创业，都是过往经验的一种延续，马化腾也不例外。他兴奋地向张志东描述即将创办的公司的主打产品：把刚刚兴起的互联网与当时非常普及的寻呼机联系在一起，开发一款软件系统，能够在寻呼机中接收到来自互联网端的呼叫，也可以接收新闻和电子邮件，等等。马化腾把这套系统称为"无线网络寻呼系统"，它的销售对象是全国各地的寻呼台。

这看上去是一个不错的创意，既与润迅的专业有关，又有他之前开发过的股霸卡的影子，还似乎得到了丁磊"卖系统"的启示。马化腾在寻呼服务领域浸泡了五年，而张志东则是做集成系统的高手，所以，他们联手正是"天作之合"。当然，后来的事实证明，这些头头是道的分析都非常不靠谱。

张志东被马化腾打动了，当时的他正打算离开黎明网络公司。他有一位姑姑在美国，按家里的安排，他要出国去投奔姑姑。马化腾的邀约让他多了一种选择，而他确实也对马化腾描述的产品很感兴趣。"我们那时都没有想发财的念头，就是要干一点儿自己喜欢的、有价值的事情。"他后来这样说。甚至在辞职这件事上，他的动作比马化腾还要快："我先离开了黎明，然后，他才下决心从润迅出来。"

接下来的几个月，马化腾和张志东开始寻找创业伙伴。先是张志东找到陈一丹，他们一直走得比较近，曾经结伴出去旅游。陈一丹在深圳出入境检验检疫局的工作很安稳，而且在两年前已早早结婚，过上了小日子。不过，听到能和好朋友一起办企业，还是颇为心动。他回家跟妻子商量，当时的顾虑是：万一失败了，家里的经济来源怎么办？这时，他的妻子说："没关系的，我还有一份工作。"陈一丹日后说："一直到今天，我还深深感念妻子的这句话。"马化腾还找了从初中开始就同班的许晨晔，他在深圳的电信数据通信局上班，当然更有专业上的优势。

当这四位同学坐在一起的时候，你看看我，我看看你，发现了一个问题：没有一个搞销售的。

这时候，"第五人"曾李青出现了。

曾李青出生于 1970 年 1 月，比马化腾年长将近两岁，却和马化腾是同一年毕业的。他就读于西安电子科技大学通信专业，毕业后在深圳电信数据通信局工作。曾李青身材魁梧、能言善辩、性格开朗，与马化腾和张志东完全不同。年纪轻轻的他有过一项纪录：他曾以一己之力，说服深圳的一个房地产开发商投资 120 万元，建成了全国第一个宽带小区。他在电信局很受重用，是局里下属龙脉公司的市场部经理。就在 1998 年的时候，电信局整顿"三产"，龙脉公司面临被裁撤的命运，曾李青前途彷徨，正好碰到了四处寻找销售专才的马化腾。

曾李青回忆说："我与马化腾、张志东第一次就公司成立的事情见面，是在龙脉公司的那间小办公室里。关上门，我们简单地分了下工，马化腾负责战略和产品，张志东负责技术，我负责市场。"

腾讯的创办日被确定为 1998 年的 11 月 11 日，但事实上，并没有"正式"的那一天，自 1998 年春节后一直到下一年年初，马化腾和他的创业伙伴是在忙乱中度过了一天又一天。生活如一条大河，所谓的"源头"，都是后来者标示的产物。

（摘自《读者》2018 年第 15 期）

# 致　谢

早春三月,北国大地上虽然还没有呈现出"春暖花开,柳絮飘飞"的景象,但晨曦中南来北往的沸腾人流却能让人感觉到春潮的阵阵涌动。新的生活就在此间迸发,返校、返城、返队、返程的人们怀揣着新的梦想,迈开新的步伐,向着明媚的春天出发。而此刻的我们也正是这沸腾人流中的一员,开启了我们新的征程。

今年我们将喜迎共和国的 70 华诞。这是一个让人感受温暖与幸福的时刻,作为一名出版人,从去年开始我们就想以出版人的独特方式来表达对伟大祖国的真诚赞美和衷心祝福,为此特意策划了《读者丛书·国家记忆读本》。这是继《社会主义核心价值观读本》《中国梦读本》成功出版发行之后,甘肃人民出版社策划的第三辑"读者丛书"。丛书以时代为主线,以与人民最密切相关的衣食住行等生活变迁为切入点,以朴素而温情的独特记忆去回望和见证共和国 70 年的历史风云、发展变迁,让读者既能重温共和国成立初期虽然物质匮乏但理想崇高的激情岁月,又能感受到改革开放的春天到来以后,祖国大地生机盎然、蓬勃向上的巨大变化,更能体会到新时代以来追梦路上人民的新气象和新面貌。

　　和以往出版的两辑读者丛书一样,《国家记忆读本》在策划、编辑出版过程中,得到了中共甘肃省委宣传部、甘肃省新闻出版局以及读者出版集团、读者杂志社等多方的指导和帮助,在此深表谢意! 与此同时,丛书的编选也得到了绝大多数作者的理解和支持, 他们对作品的授权选编和对丛书的一致认可使我们消除了后顾之忧,对此我们表示诚挚的谢意! 虽然我们尽力想把工作做得更细致更扎实些,但因为种种原因依然未能联系到部分作者,对此我们深表歉意,也请这些作者见到图书后与我们联系。我们的联系方式是:甘肃人民出版社(甘肃省兰州市读者大道 568 号,730030,联系人:马强,13519642826)。

　　在这春潮涌动、春天的脚步越来越近的时刻,《读者丛书·国家记忆读本》的出版发行,既是我们送给祖国母亲 70 华诞的一份献礼,也是我们出版人和读者人的一份责任与担当。我们带着对祖国母亲的祝福在新的一年里出发,追寻更加精彩纷呈的人生,迎接春的到来!

读者丛书编辑组

2019 年 3 月